W9-BMD-703

LA SYMPHONIE PASTORALE

ANDRÉ GIDE

La symphonie pastorale

GALLIMARD

PREMIER CAHIER

10 février 189.

La neige qui n'a pas cessé de tomber depuis trois jours, bloque les routes. Je n'ai pu me rendre à R... où j'ai coutume depuis quinze ans de célébrer le culte deux fois par mois. Ce matin trente fidèles seulement se sont rassemblés dans la chapelle de La Brévine.

Je profiterai des loisirs que me vaut cette claustration forcée, pour revenir en arrière et raconter comment je fus amené à m'occuper de Gertrude.

J'ai projeté d'écrire ici tout ce qui concerne la formation et le développement de cette âme pieuse, qu'il me semble que je n'ai fait sortir de la nuit que pour l'adoration et l'amour. Béni soit le Seigneur pour m'avoir confié cette tâche.

Il y a deux ans et six mois, comme je remontais de La Chaux-de-Fonds, une fillette que je ne connaissais point vint me chercher en toute hâte pour m'emmener à sept kilomètres de là, auprès d'une pauvre vieille qui se mourait. Le cheval n'était pas dételé; je fis monter l'enfant dans la voiture, après m'être muni d'une lanterne, car je pensai ne pas pouvoir être de retour avant la nuit.

Je croyais connaître admirablement tous les entours de la commune; mais passé la ferme de la Saudraie, l'enfant me fit prendre une route où jusqu'alors je ne m'étais jamais aventuré. Je reconnus pourtant, à deux kilomètres de là, sur la gauche, un petit lac mystérieux où jeune homme j'avais été quelquefois patiner. Depuis quinze ans je ne l'avais plus revu, car aucun devoir pastoral ne m'appelle de ce côté; je n'aurais plus su dire où il était et j'avais à ce point cessé d'y penser qu'il me sembla, lorsque tout à coup, dans l'enchantement rose et doré du soir, je le reconnus, ne l'avoir d'abord vu qu'en rêve.

La route suivait le cours d'eau qui s'en échappait, coupant l'extrémité de la forêt, puis longeant une tourbière. Certainement je n'étais jamais venu là.

Le soleil se couchait et nous marchions depuis longtemps dans l'ombre, lorsque enfin ma jeune guide m'indiqua du doigt, à flanc de coteau, une chaumière qu'on eût pu croire inhabitée, sans un mince filet de fumée qui s'en échappait, bleuissant dans l'ombre, puis blondissant dans l'or du ciel. J'attachai le cheval à un pommier voisin, puis rejoignis l'enfant dans la pièce obscure où la vieille venait de mourir.

La gravité du paysage, le silence et la solennité de l'heure m'avaient transi. Une femme encore jeune était à genoux près du lit. L'enfant, que j'avais prise pour la petite-fille de la défunte, mais qui n'était que sa servante, alluma une chandelle fumeuse, puis se tint immobile au pied du lit.

Durant la longue route, j'avais essayé d'engager la conversation, mais n'avais pu tirer d'elle quatre paroles.

La femme agenouillée se releva. Ce n'était pas une parente ainsi que je supposais d'abord, mais simplement une voisine, une amie, que la servante avait été chercher lorsqu'elle vit s'affaiblir sa maîtresse, et qui s'offrit pour veiller le corps. La vieille, me dit-elle, s'était éteinte sans souffrance. Nous convînmes ensemble des dispositions à prendre pour l'inhumation et la cérémonie funèbre. Comme souvent déjà, dans ce pays perdu, il me fallait tout décider. J'étais quelque peu gêné, je l'avoue, de laisser cette maison, si pauvre que fût son apparence, à la seule garde de cette voisine et de cette servante enfant. Toutefois, il ne paraissait guère probable qu'il y eût dans un recoin de cette misérable demeure, quelque trésor caché... Et qu'y pouvais-je faire? Je demandai néanmoins si la vieille ne laissait aucun héritier.

La voisine prit alors la chandelle, qu'elle dirigea vers un coin du foyer, et je pus distinguer, accroupi dans l'âtre, un être incertain, qui paraissait endormi; l'épaisse masse de ses cheveux cachait presque complètement son visage.

« Cette fille aveugle; une nièce, à ce que dit la servante; c'est à quoi la famille se réduit, paraît-il. Il faudra la mettre à l'hospice; sinon, je ne sais pas ce qu'elle pourra devenir.»

Je m'offusquai d'entendre ainsi décider de son sort devant elle, soucieux du chagrin que ces brutales paroles pourraient lui causer.

« Ne la réveillez pas, dis-je doucement, pour inviter la voisine, tout au moins, à baisser la voix.

— Oh! je ne pense pas qu'elle dorme; mais c'est une idiote; elle ne parle pas et ne comprend rien à ce qu'on dit. Depuis ce matin que je suis dans la pièce, elle n'a pour ainsi dire pas bougé. J'ai d'abord cru qu'elle était sourde; la servante prétend que non, mais que simplement la vieille, sourde elle-même, ne lui adressait jamais la parole, non plus qu'à quiconque, n'ouvrant plus la bouche depuis longtemps, que pour boire ou manger.

— Quel âge a-t-elle?

— Une quinzaine d'années, je suppose! au reste je n'en sais pas plus long que vous... »

Il ne me vint pas aussitôt à l'esprit de

prendre soin moi-même de cette pauvre aban-
donnée; mais après que j'eus prié — ou plus
exactement pendant la prière que je fis, entre
la voisine et la petite servante, toutes deux
agenouillées au chevet du lit, agenouillé moi-
même, — il m'apparut soudain que Dieu
plaçait sur ma route une sorte d'obligation
et que je ne pouvais pas sans quelque
lâcheté m'y soustraire. Quand je me relevai,
ma décision était prise d'emmener l'enfant
le même soir, encore que je ne me fusse
pas nettement demandé ce que je ferais d'elle
par la suite, ni à qui je la confierais. Je demeurai quelques instants encore à contempler le
visage endormi de la vieille, dont la bouche
plissée et rentrée semblait tirée comme par
les cordons d'une bourse d'avare, instruite à
ne rien laisser échapper. Puis me retournant
du côté de l'aveugle, je fis part à la voisine
de mon intention.

« Mieux vaut qu'elle ne soit point là

demain, quand on viendra lever le corps »,
dit-elle. Et ce fut tout.

Bien des choses se feraient facilement, sans
les chimériques objections que parfois les
hommes se plaisent à inventer. Dès l'enfance,
combien de fois sommes-nous empêchés de
faire ceci ou cela que nous voudrions faire,
simplement parce que nous entendons répéter
autour de nous : il ne pourra pas le faire...

L'aveugle s'est laissé emmener comme une
masse involontaire. Les traits de son visage
étaient réguliers, assez beaux, mais parfaitement inexpressifs. J'avais pris une couverture
sur la paillasse où elle devait reposer d'ordinaire dans un coin de la pièce, au-dessous
d'un escalier intérieur qui menait au grenier.

La voisine s'était montrée complaisante et
m'avait aidé à l'envelopper soigneusement,
car la nuit très claire était fraîche; et après
avoir allumé la lanterne du cabriolet, j'étais
reparti, emmenant blotti contre moi ce paquet

de chair sans âme et dont je ne percevais la vie que par la communication d'une ténébreuse chaleur. Tout le long de la route, je pensais : dort-elle? et de quel sommeil noir... Et en quoi la veille diffère-t-elle ici du sommeil? Hôtesse de ce corps opaque, une âme attend sans doute, emmurée, que vienne la toucher enfin quelque rayon de votre grâce, Seigneur! Permettrez-vous que mon amour, peut-être, écarte d'elle l'affreuse nuit?...

J'ai trop souci de la vérité pour taire le fâcheux accueil que je dus essuyer à mon retour au foyer. Ma femme est un jardin de vertus; et même dans les moments difficiles qu'il nous est arrivé parfois de traverser, je n'ai pu douter un instant de la qualité de son cœur; mais sa charité naturelle n'aime pas à être surprise. C'est une personne d'ordre qui tient à ne pas aller au-delà, non plus qu'à rester en deçà du devoir. Sa charité même est réglée comme si l'amour était un trésor épuisable. C'est là notre seul point de conteste...

Sa première pensée, lorsqu'elle m'a vu revenir ce soir-là avec la petite, lui échappa dans ce cri :

« De quoi encore est-ce que tu as été te charger ? »

Comme chaque fois qu'il doit y avoir une explication entre nous, j'ai commencé par faire sortir les enfants qui se tenaient là, bouche bée, pleins d'interrogation et de surprise. Ah ! combien cet accueil était loin de celui que j'eusse pu souhaiter. Seule ma chère petite Charlotte a commencé de danser et de battre les mains quand elle a compris que quelque chose de nouveau, quelque chose de vivant allait sortir de la voiture. Mais les autres, qui sont déjà stylés par la mère, ont vite fait de la refroidir et de lui faire prendre le pas.

Il y eut un moment de grande confusion.

Et comme ni ma femme ni les enfants ne savaient encore qu'ils eussent affaire à une aveugle, ils ne s'expliquaient pas l'attention extrême que je prenais pour guider ses pas. Je fus moi-même tout décontenancé par les bizarres gémissements que commença de pousser la pauvre infirme sitôt que ma main abandonna la sienne, que j'avais tenue durant tout le trajet. Ses cris n'avaient rien d'humain; on eût dit les jappements plaintifs d'un petit chien. Arrachée pour la première fois au cercle étroit de sensations coutumières qui formaient tout son univers, ses genoux fléchissaient sous elle; mais lorsque j'avançai vers elle une chaise, elle se laissa crouler à terre, comme quelqu'un qui ne saurait pas s'asseoir; alors je la menai jusqu'auprès du foyer, et elle reprit un peu de calme lorsqu'elle put s'accroupir, dans la position où je l'avais vue d'abord auprès du foyer de la vieille, accotée au manteau de la cheminée.

En voiture déjà elle s'était laissée glisser au bas du siège et avait fait tout le trajet blottie à mes pieds. Ma femme cependant m'aidait, dont le mouvement le plus naturel est toujours le meilleur; mais sa raison sans cesse lutte et souvent l'emporte contre son cœur.

« Qu'est-ce que tu as l'intention de faire de ça? » reprit-elle après que la petite fut installée.

Mon âme frissonna en entendant l'emploi de ce neutre et j'eus peine à maîtriser un mouvement d'indignation. Cependant, encore tout imbu de ma longue et paisible méditation je me contins, et tourné vers eux tous qui de nouveau faisaient cercle, une main posée sur le front de l'aveugle :

« Je ramène la brebis perdue », dis-je avec le plus de solennité que je pus.

Mais Amélie n'admet pas qu'il puisse y avoir quoi que ce soit de déraisonnable ou de surraisonnable dans l'enseignement de l'Évangile. Je vis qu'elle allait protester, et c'est alors que je fis un signe à Jacques et à Sarah qui, habitués à nos petits différends conjugaux, et du reste peu curieux de leur nature (souvent même insuffisamment à mon gré), emmenèrent les deux petits. Puis, comme ma femme restait encore interdite et un peu exaspérée, me semblait-il, par la présence de l'intruse :

« Tu peux parler devant elle, ajoutai-je; la pauvre enfant ne comprend pas. »

Alors Amélie commença de protester que certainement elle n'avait rien à me dire — ce qui est le prélude habituel des plus longues explications —, et qu'elle n'avait qu'à se soumettre comme toujours à ce que je pouvais inventer de moins pratique et de plus contraire à l'usage et au bon sens. J'ai déjà écrit que je n'étais nullement fixé sur ce que je comptais faire de cette enfant. Je n'avais pas encore entrevu, ou que très vaguement, la possibilité de l'installer à notre foyer et je puis presque dire que c'est Amélie qui d'abord m'en suggéra l'idée lorsqu'elle me demanda si je pensais que nous n'étions pas « déjà assez dans la maison ». Puis elle déclara que j'allais toujours de l'avant sans jamais m'inquiéter de la résistance de ceux qui suivent, que pour sa part elle estimait que cinq enfants suffisaient, que depuis la naissance de Claude (qui précisément à ce moment, et comme en entendant son nom, se mit à hurler dans son berceau) elle en avait « son compte » et qu'elle se sentait à bout.

Aux premières phrases de sa sortie, quelques paroles du Christ me remontèrent du cœur aux lèvres, que je retins pourtant, car il me paraît toujours malséant d'abriter ma conduite derrière l'autorité du livre saint. Mais dès qu'elle argua de sa fatigue je demeurai penaud, car je reconnais qu'il m'est arrivé plus d'une fois de laisser peser

sur ma femme les conséquences d'élans incon-
sidérés de mon zèle. Cependant ces récriminations m'avaient instruit sur mon devoir; je
suppliai donc très doucement Amélie d'examiner si à ma place elle n'eût pas agi de
même et s'il lui eût été possible de laisser
dans la détresse un être qui manifestement
n'avait plus sur qui s'appuyer; j'ajoutai que je
ne m'illusionnais point sur la somme de
fatigues nouvelles que le soin de cette hôtesse
infirme ajouterait aux soucis du ménage, et
que mon regret était de ne l'y pouvoir plus
souvent seconder. Enfin je l'apaisai de mon
mieux, la suppliant aussi de ne point faire
retomber sur l'innocente un ressentiment que
celle-ci n'avait en rien mérité. Puis je lui fis
observer que Sarah désormais était en âge
de l'aider davantage, Jacques de se passer
de ses soins. Bref, Dieu mit en ma bouche les
paroles qu'il fallait pour l'aider à accepter
ce que je m'assure qu'elle eût assumé volon-

tiers si l'événement lui eût laissé le temps de réfléchir et si je n'eusse point ainsi disposé de sa volonté par surprise.

Je croyais la partie à peu près gagnée, et déjà ma chère Amélie s'approchait bienveillamment de Gertrude; mais soudain son irritation rebondit de plus belle lorsque, ayant pris la lampe pour examiner un peu l'enfant, elle s'avisa de son état de saleté indicible.

« Mais c'est une infection, s'écria-t-elle. Brosse-toi; brosse-toi vite. Non, pas ici. Va te secouer dehors. Ah! Mon Dieu! les enfants vont en être couverts. Il n'y a rien au monde que je redoute autant que la vermine. »

Indéniablement la pauvre petite en était peuplée : et je ne pus me défendre d'un mouvement de dégoût en songeant que je l'avais si longuement pressée contre moi dans la voiture.

Quand je rentrai deux minutes plus tard,

après m'être nettoyé de mon mieux, je trouvai ma femme effondrée dans un fauteuil,
la tête dans les mains, en proie à une crise
de sanglots.

« Je ne pensais pas soumettre ta constance
à une pareille épreuve, lui dis-je tendrement. Quoi qu'il en soit, ce soir il est tard,
et l'on n'y voit pas suffisamment. Je veillerai
pour entretenir le feu auprès duquel dor-
mira la petite. Demain nous lui couperons les
cheveux et la laverons comme il faut. Tu ne
commenceras à t'occuper d'elle que quand
tu pourras la regarder sans horreur. » Et je la
priai de ne point parler de cela aux enfants.

Il était l'heure de souper. Ma protégée, vers
laquelle notre vieille Rosalie, tout en nous
servant, jetait force regards hostiles, dévora
goulûment l'assiette de soupe que je lui tendis.
Le repas fut silencieux. J'aurais voulu raconter
mon aventure, parler aux enfants, les émouvoir en leur faisant comprendre et sentir

l'étrangeté d'un dénuement si complet, exciter leur pitié, leur sympathie pour celle que Dieu nous invitait à recueillir; mais je craignis de raviver l'irritation d'Amélie. Il semblait que l'ordre eût été donné de passer outre et d'oublier l'événement encore qu'aucun de nous ne pût assurément penser à rien d'autre.

Je fus extrêmement ému quand, plus d'une heure après que tous furent couchés et qu'Amélie m'eut laissé seul dans la pièce, je vis ma petite Charlotte entrouvrir la porte, avancer doucement, en chemise et pieds nus, puis se jeter à mon cou et m'étreindre sauvagement en murmurant :

« Je ne t'avais pas bien dit bonsoir. »

Puis, tout bas, désignant du bout de son petit index l'aveugle qui reposait innocemment et qu'elle avait eu curiosité de revoir avant de se laisser aller au sommeil :

« Pourquoi est-ce que je ne l'ai pas embrassée ?

— Tu l'embrasseras demain. A présent laissons-la. Elle dort », lui dis-je en la raccompagnant jusqu'à la porte.

Puis je revins me rasseoir et travaillai jusqu'au matin, lisant ou préparant mon prochain sermon.

Certainement, pensais-je (il m'en souvient), Charlotte se montre beaucoup plus affectueuse aujourd'hui que ses aînés; mais chacun d'eux, à cet âge, ne m'a-t-il pas d'abord donné le change; mon grand Jacques lui-même, aujourd'hui si distant, si réservé... On les croit tendres, ils sont cajoleurs et câlins.

27 février.

La neige est tombée encore abondam-
ment cette nuit. Les enfants sont ravis parce
que bientôt, disent-ils, on sera forcé de sortir
par les fenêtres. Le fait est que ce matin la
porte est bloquée et que l'on ne peut sortir
que par la buanderie. Hier, je m'étais assuré
que le village avait des provisions en suffi-
sance, car nous allons sans doute demeurer
quelque temps isolés du reste de l'humanité.
Ce n'est pas le premier hiver que la neige
nous bloque, mais je ne me souviens pas
d'avoir jamais vu son empêchement si épais.
J'en profite pour continuer ce récit que je
commençai hier.

J'ai dit que je ne m'étais point trop demandé, lorsque j'avais ramené cette infirme, quelle place elle allait pouvoir occuper dans la maison. Je connaissais le peu de résistance de ma femme; je savais la place dont nous pouvions disposer et nos ressources, très limitées. J'avais agi, comme je le fais toujours, autant par disposition naturelle que par principes, sans nullement chercher à calculer la dépense où mon élan risquait de m'entraîner (ce qui m'a toujours paru antiévangélique). Mais autre chose est d'avoir à se reposer sur Dieu ou à se décharger sur autrui. Il m'apparut bientôt que j'avais déposé sur les bras d'Amélie une lourde tâche, si lourde que j'en demeurai d'abord confondu.

Je l'avais aidée de mon mieux à couper les cheveux de la petite, ce que je voyais bien qu'elle ne faisait déjà qu'avec dégoût. Mais quand il s'agit de la laver et de la nettoyer je dus laisser faire ma femme; et je compris que les plus lourds et les plus désagréables soins m'échappaient.

Au demeurant, Amélie n'éleva plus la moindre protestation. Il semblait qu'elle eût réfléchi pendant la nuit et pris son parti de cette charge nouvelle; même elle y semblait prendre quelque plaisir et je la vis sourire après qu'elle eut achevé d'apprêter Gertrude. Un bonnet blanc couvrait la tête rase où j'avais appliqué de la pommade; quelques anciens vêtements à Sarah et du linge propre remplacèrent les sordides haillons qu'Amélie venait de jeter au feu. Ce nom de Gertrude fut choisi par Charlotte et accepté par nous tous aussitôt, dans l'ignorance du nom véritable que l'orpheline ne connaissait point elle-même et que je ne savais où retrouver. Elle devait être un peu plus jeune que Sarah, de sorte que les vêtements que celle-ci avait dû laisser depuis un an lui convenaient.

Il me faut avouer ici la profonde déception où je me sentis sombrer les premiers jours. Certainement je m'étais fait tout un roman de l'éducation de Gertrude, et la réalité me forçait par trop d'en rabattre. L'expression indifférente, obtuse de son visage, ou plutôt son inexpressivité absolue glaçait jusqu'à sa source mon bon vouloir. Elle restait tout le long du jour, auprès du feu, sur la défensive, et dès qu'elle entendait nos voix, surtout dès que l'on s'approchait d'elle, ses traits semblaient durcir; ils ne cessaient d'être inexpressifs que pour marquer l'hostilité; pour peu que l'on s'efforçât d'appeler son attention elle commençait à geindre, à grogner comme un animal. Cette bouderie ne cédait qu'à l'approche du repas, que je lui servais moi-même, et sur lequel elle se jetait avec une avidité bestiale des plus pénibles à observer. Et de même que l'amour répond à l'amour, je sentais un sentiment d'aversion m'envahir, devant le refus obstiné de cette âme. Oui, vraiment, j'avoue que les dix premiers jours j'en étais venu à désespérer, et même à me désintéresser d'elle au point que je regrettais mon élan premier et que j'eusse voulu ne l'avoir jamais emmenée. Et il advenait ceci de piquant, c'est que, triomphante un peu devant ces sentiments que je ne pouvais pas bien lui cacher, Amélie prodiguait ses soins d'autant plus et de bien meilleur cœur, semblait-il, depuis qu'elle sentait que Gertrude me devenait à charge et que sa présence parmi nous me mortifiait.

J'en étais là quand je reçus la visite de mon ami le docteur Martins, du Val Travers, au cours d'une de ses tournées de malades. Il s'intéressa beaucoup à ce que je lui dis de l'état de Gertrude, s'étonna grandement d'abord de ce qu'elle fût restée à ce point arriérée, n'étant somme toute qu'aveugle;

mais je lui expliquai qu'à son infirmité s'ajoutait la surdité de la vieille qui seule jusqu'alors avait pris soin d'elle, et qui ne lui parlait jamais, de sorte que la pauvre enfant était demeurée dans un état d'abandon total. Il me persuada que, dans ce cas, j'avais tort de désespérer; mais que je ne m'y prenais pas bien.

« Tu veux commencer de construire, me dit-il, avant de t'être assuré d'un terrain solide. Songe que tout est chaos dans cette âme et que même les premiers linéaments n'en sont pas encore arrêtés. Il s'agit, pour commencer, de lier en faisceau quelques sensations tactiles et gustatives et d'y attacher, à la manière d'une étiquette, un son, un mot, que tu lui rediras, à satiété, puis tâcheras d'obtenir qu'elle redise.

« Surtout ne cherche pas d'aller trop vite; occupe-toi d'elle à des heures régulières, et jamais très longtemps de suite...

33

« Au reste cette méthode, ajouta-t-il, après me l'avoir minutieusement exposée, n'a rien de bien sorcier. Je ne l'invente point et d'autres l'ont appliquée déjà. Ne t'en souviens-tu pas? du temps que nous faisions ensemble notre philosophie, nos professeurs, à propos de Condillac et de sa statue animée, nous entretenaient déjà d'un cas analogue à celui-ci... A moins, fit-il en se reprenant, que je n'aie lu cela plus tard, dans une revue de psychologie... N'importe; cela m'a frappé et je me souviens même du nom de cette pauvre enfant, encore plus déshéritée que Gertrude, car elle était aveugle et sourde-muette, qu'un docteur de je ne sais plus quel comté d'Angleterre recueillit, vers le milieu du siècle dernier. Elle avait nom Laura Bridgeman. Ce docteur avait tenu journal, comme tu devrais faire, des progrès de l'enfant, ou du moins, pour commencer, de ses efforts à lui pour l'instruire. Durant des

jours et des semaines, il s'obstina à lui
faire toucher et palper alternativement deux
petits objets, une épingle, puis une plume,
puis toucher sur une feuille imprimée à
l'usage des aveugles le relief des deux mots
anglais : *pin* et *pen*. Et durant des semaines,
il n'obtint aucun résultat. Le corps semblait inhabité. Pourtant il ne perdait pas
confiance. Je me faisais l'effet de quelqu'un, racontait-il, qui, penché sur la mar-
gelle d'un puits profond et noir, agiterait
désespérément une corde dans l'espoir
qu'enfin une main la saisisse. Car il ne douta
pas un instant que quelqu'un ne fût là,
au fond du gouffre, et que cette corde à la
fin ne soit saisie. Et un jour, enfin, il vit cet
impassible visage de Laura s'éclairer d'une
sorte de sourire; je crois bien qu'à ce moment des larmes de reconnaissance et
d'amour jaillirent de ses yeux et qu'il tomba
à genoux pour remercier le Seigneur. Laura

venait tout à coup de comprendre ce que le docteur voulait d'elle; sauvée! A partir de ce jour elle fit attention; ses progrès furent rapides; elle s'instruisit bientôt elle-même, et par la suite devint directrice d'un institut d'aveugles — à moins que ce ne fût une autre... car d'autres cas se présentèrent récemment, dont les revues et les journaux ont longuement parlé, s'étonnant à qui mieux mieux, un peu sottement à mon avis, que de telles créatures pussent être heureuses. Car c'est un fait : chacune de ces emmurées était heureuse, et sitôt qu'il leur fut donné de s'exprimer, ce fut pour raconter leur *bonheur*. Naturellement les journalistes s'extasiaient, en tiraient un enseignement pour ceux qui, « jouissant » de leurs cinq sens, ont pourtant le front de se plaindre... »

Ici s'engagea une discussion entre Martins et moi qui regimbais contre son pessimisme et n'admettais point que les sens, comme il semblait l'admettre, ne servissent en fin de compte qu'à nous désoler.

« Ce n'est point ainsi que je l'entends, protesta-t-il, je veux dire simplement que l'âme de l'homme imagine plus facilement et plus volontiers la beauté, l'aisance et l'harmonie que le désordre et le péché qui partout ternissent, avilissent, tachent et déchirent ce monde et sur quoi nous renseignent et tout à la fois nous aident à contribuer nos cinq sens. De sorte que, plus volontiers, je ferais suivre le *Fortunatos nimium* de Virgile, de *si sua mala nescient,* que du *si sua bona norint* qu'on nous enseigne : Combien heureux les hommes, s'ils pouvaient ignorer le mal! »

Puis il me parla d'un conte de Dickens, qu'il croit avoir été directement inspiré par l'exemple de Laura Bridgeman et qu'il promit de m'envoyer aussitôt. Et quatre jours après je reçus en effet *Le Grillon du Foyer,* que

je lus avec un vif plaisir. C'est l'histoire un
peu longue, mais pathétique par instants,
d'une jeune aveugle que son père, pauvre
fabricant de jouets, entretient dans l'illusion
du confort, de la richesse et du bonheur;
mensonge que l'art de Dickens s'évertue à
faire passer pour pieux, mais dont, Dieu
merci! je n'aurai pas à user avec Gertrude.

Dès le lendemain du jour où Martins était
venu me voir, je commençai de mettre
en pratique sa méthode et m'y appliquai
de mon mieux. Je regrette à présent de
n'avoir point pris note, ainsi qu'il me le
conseillait, des premiers pas de Gertrude sur
cette route crépusculaire, où moi-même je
ne la guidais d'abord qu'en tâtonnant. Il y
fallut, dans les premières semaines, plus de
patience que l'on ne saurait croire, non seulement en raison du temps que cette première éducation exigeait, mais aussi des

reproches qu'elle me fit encourir. Il m'est pénible d'avoir à dire que ces reproches me venaient d'Amélie; et du reste, si j'en parle ici, c'est que je n'en ai conservé nulle animosité, nulle aigreur — je l'atteste solennellement pour le cas où plus tard ces feuilles seraient lues par elle. (Le pardon des offenses ne nous est-il pas enseigné par le Christ immédiatement à la suite de la parabole sur la brebis égarée?) Je dirai plus : au moment même où j'avais le plus à souffrir de ses reproches, je ne pouvais lui en vouloir de ce qu'elle désapprouvât ce long temps que je consacrais à Gertrude. Ce que je lui reprochais plutôt c'était de n'avoir pas confiance que mes soins pussent remporter quelques succès. Oui, c'est ce manque de foi qui me peinait; sans me décourager du reste. Combien souvent j'eus à l'entendre répéter : « Si encore tu devais aboutir à quelque résultat... » Et elle demeurait obtusement convaincue que ma peine était vaine; de sorte que naturellement il lui paraissait mal séant que je consacrasse à cette œuvre un temps qu'elle prétendait toujours qui serait mieux employé différemment. Et chaque fois que je m'occupais de Gertrude elle trouvait à me représenter que je ne sais qui ou quoi attendait cependant après moi, et que je distrayais pour celle-ci un temps que j'eusse dû donner à d'autres. Enfin, je crois qu'une sorte de jalousie maternelle l'animait, car je lui entendis plus d'une fois me dire : « Tu ne t'es jamais autant occupé d'aucun de tes propres enfants. » Ce qui était vrai; car si j'aime beaucoup mes enfants, je n'ai jamais cru que j'eusse beaucoup à m'occuper d'eux.

J'ai souvent éprouvé que la parabole de la brebis égarée reste une des plus difficiles à admettre pour certaines âmes, qui pourtant se croient profondément chrétiennes. Que chaque brebis du troupeau, prise à part, puisse aux yeux du berger être plus précieuse à son tour que tout le reste du troupeau pris en bloc, voici ce qu'elles ne peuvent s'élever à comprendre. Et ces mots : « Si un homme a cent brebis et que l'une d'elles s'égare, ne laisse-t-il pas les quatre-vingt-dix-neuf autres sur les montagnes, pour aller chercher celle qui s'est égarée? » — ces mots tout rayonnants de charité, si elles osaient parler franc, elles les déclareraient de la plus révoltante injustice.

Les premiers sourires de Gertrude me consolaient de tout et payaient mes soins au centuple. Car « cette brebis, si le pasteur la trouve, je vous le dis en vérité, elle lui cause plus de joie que les quatre-vingt-dix-neuf autres qui ne se sont jamais égarées ». Oui, je le dis en vérité, jamais sourire d'aucun de mes enfants ne m'a inondé le cœur d'une aussi séraphique joie que fit celui que je vis poindre sur ce visage de statue certain matin où brusquement elle sembla commencer à comprendre et à s'intéresser à ce que je m'efforçais de lui enseigner depuis tant de jours.

Le 5 mars. J'ai noté cette date comme celle d'une naissance. C'était moins un sourire qu'une transfiguration. Tout à coup ses traits *s'animèrent;* ce fut comme un éclairement subit, pareil à cette lueur purpurine dans les hautes Alpes qui, précédant l'aurore, fait vibrer le sommet neigeux qu'elle désigne et sort de la nuit; on eût dit une coloration mystique; et je songeai également à la piscine de Bethesda au moment que l'ange descend et vient réveiller l'eau dormante. J'eus une sorte de ravissement devant l'expression angélique que Gertrude put prendre soudain, car il m'apparut que ce qui la visitait en cet instant, n'était point tant l'intelligence que l'amour. Alors un tel élan de reconnaissance me souleva, qu'il me sembla que j'offrais à Dieu le baiser que je déposai sur ce beau front.

Autant ce premier résultat avait été difficile à obtenir, autant les progrès sitôt après
furent rapides. Je fais effort aujourd'hui
pour me remémorer par quels chemins nous
procédâmes; il me semblait parfois que Gertrude avançât par bonds comme pour se
moquer des méthodes. Je me souviens que
j'insistai d'abord sur les qualités des objets
plutôt que sur la variété de ceux-ci : le chaud,
le froid, le tiède, le doux, l'amer, le rude, le
souple, le léger... puis les mouvements : écar-
ter, rapprocher, lever, croiser, coucher,
nouer, disperser, rassembler, etc. Et bientôt,
abandonnant toute méthode, j'en vins à causer avec elle sans trop m'inquiéter si son
esprit toujours me suivait; mais lentement,
l'invitant et la provoquant à me questionner
à loisir. Certainement un travail se faisait en
son esprit durant le temps que je l'abandonnais à elle-même; car chaque fois que je la
retrouvais, c'était avec une nouvelle surprise

et je me sentais séparé d'elle par une moindre épaisseur de nuit. C'est tout de même ainsi, me disais-je, que la tiédeur de l'air et l'insistance du printemps triomphent peu à peu de l'hiver. Que de fois n'ai-je pas admiré la manière dont fond la neige : on dirait que le manteau s'use par en dessous, et son aspect reste le même. A chaque hiver Amélie y est prise et me déclare : la neige n'a toujours pas changé; on la croit épaisse encore, quand déjà la voici qui cède et tout à coup, de place en place, laisse reparaître la vie.

Craignant que Gertrude ne s'étiolât à demeurer auprès du feu sans cesse, comme une vieille, j'avais commencé de la faire sortir. Mais elle ne consentait à se promener qu'à mon bras. Sa surprise et sa crainte d'abord, dès qu'elle avait quitté la maison, me laissèrent comprendre, avant qu'elle n'eût su me le dire, qu'elle ne s'était encore jamais hasardée au-dehors. Dans la chaumière où je

l'avais trouvée, personne ne s'était occupé
d'elle autrement que pour lui donner à manger et l'aider à ne point mourir, car je n'ose
point dire : à vivre. Son univers obscur était
borné par les murs mêmes de cette unique
pièce qu'elle n'avait jamais quittée; à peine
se hasardait-elle, les jours d'été, au bord du
seuil, quand la porte restait ouverte sur le
grand univers lumineux. Elle me raconta
plus tard, qu'entendant le chant des oiseaux,
elle l'imaginait alors un pur effet de la
lumière, ainsi que cette chaleur même qu'elle
sentait caresser ses joues et ses mains, et
que, sans du reste y réfléchir précisément,
il lui paraissait tout naturel que l'air
chaud se mît à chanter, de même que l'eau se
met à bouillir près du feu. Le vrai c'est qu'elle
ne s'en était point inquiétée, qu'elle ne
faisait attention à rien et vivait dans un
engourdissement profond, jusqu'au jour où
je commençai de m'occuper d'elle. Je me

souviens de son inépuisable ravissement lorsque je lui appris que ces petites voix émanaient de créatures vivantes, dont il semble que l'unique fonction soit de sentir et d'exprimer l'éparse joie de la nature. (C'est de ce jour qu'elle prit l'habitude de dire : Je suis joyeuse comme un oiseau.) Et pourtant l'idée que ces chants racontaient la splendeur d'un spectacle qu'elle ne pouvait point contempler avait commencé par la rendre mélancolique.

« Est-ce que vraiment, disait-elle, la terre est aussi belle que le racontent les oiseaux? Pourquoi ne le dit-on pas davantage? Pourquoi, vous, ne me le dites-vous pas? Est-ce par crainte de me peiner en songeant que je ne puis la voir? Vous auriez tort. J'écoute si bien les oiseaux; je crois que je comprends tout ce qu'ils disent.

— Ceux qui peuvent y voir ne les entendent pas si bien que toi, ma Gertrude, lui dis-je en espérant la consoler.

— Pourquoi les autres animaux ne chantent-ils pas? » reprit-elle. Parfois ses questions me surprenaient et je demeurais un instant perplexe, car elle me forçait de réfléchir à ce que jusqu'alors j'avais accepté sans m'en étonner. C'est ainsi que je considérai, pour la première fois, que, plus l'animal est attaché de près à la terre et plus il est pesant, plus il est triste. C'est ce que je tâchai de lui faire comprendre; et je lui parlai de l'écureuil et de ses jeux.

Elle me demanda alors si les oiseaux étaient les seuls animaux qui volaient.

« Il y a aussi les papillons, lui dis-je.

— Est-ce qu'ils chantent?

— Ils ont une autre façon de raconter leur joie, repris-je. Elle est inscrite en couleurs sur leurs ailes... » Et je lui décrivis la bigarrure des papillons.

28 fév.

Je reviens en arrière; car hier je m'étais laissé entraîner.

Pour l'enseigner à Gertrude j'avais dû apprendre moi-même l'alphabet des aveugles; mais bientôt elle devint beaucoup plus habile que moi à lire cette écriture où j'avais assez de peine à me reconnaître, et qu'au surplus, je suivais plus volontiers avec les yeux qu'avec les mains. Du reste, je ne fus point le seul à l'instruire. Et d'abord je fus heureux d'être secondé dans ce soin, car j'ai fort à faire sur la commune, dont les maisons sont dispersées à l'excès de sorte que mes visites de pauvres et de malades m'obligent

à des courses parfois assez lointaines.
Jacques avait trouvé le moyen de se casser
le bras en patinant pendant les vacances de
Noël qu'il était venu passer près de nous
— car entre-temps il était retourné à Lausanne où il avait fait déjà ses premières
études, et entré à la faculté de théologie.
La fracture ne présentait aucune gravité
et Martins que j'avais aussitôt appelé put
aisément la réduire sans l'aide d'un chirur-
gien; mais les précautions qu'il fallut prendre
obligèrent Jacques à garder la maison
quelque temps. Il commença brusquement
de s'intéresser à Gertrude, que jusqu'alors
il n'avait point considérée, et s'occupa de
m'aider à lui apprendre à lire. Sa collabo-
ration ne dura que le temps de sa convales-
cence; trois semaines environ, mais durant
lesquelles Gertrude fit de sensibles progrès.
Un zèle extraordinaire la stimulait à présent.
Cette intelligence hier encore engourdie,

il semblait que, dès les premiers pas et presque avant de savoir marcher, elle se mettait à courir. J'admire le peu de difficulté qu'elle trouvait à formuler ses pensées, et combien promptement elle parvint à s'exprimer d'une manière, non point enfantine, mais correcte déjà, s'aidant pour imager l'idée, et de la manière la plus inattendue pour nous et la plus plaisante, des objets qu'on venait de lui apprendre à connaître, ou de ce dont nous lui parlions et que nous lui décrivions, lorsque nous ne le pouvions mettre directement à sa portée; car nous nous servions toujours de ce qu'elle pouvait toucher ou sentir pour expliquer ce qu'elle ne pouvait atteindre, procédant à la manière des télémétreurs.

Mais je crois inutile de noter ici tous les échelons premiers de cette instruction qui, sans doute, se retrouvent dans l'instruction de tous les aveugles. C'est ainsi que, pour

chacun d'eux, je pense, la question des couleurs a plongé chaque maître dans un même
embarras. (Et à ce sujet je fus appelé à remarquer qu'il n'est nulle part question de couleurs dans l'Évangile.) Je ne sais comment s'y
sont pris les autres; pour ma part je commençai par lui nommer les couleurs du prisme
dans l'ordre où l'arc-en-ciel nous les pré-
sente; mais aussitôt s'établit une confusion
dans son esprit entre couleur et clarté;
et je me rendais compte que son imagina-
tion ne parvenait à faire aucune distinc-
tion entre la qualité de la nuance et ce que les
peintres appellent, je crois, « la valeur ». Elle
avait le plus grand mal à comprendre que
chaque couleur à son tour pût être plus ou
moins foncée, et qu'elles pussent à l'infini
se mélanger entre elles. Rien ne l'intriguait
davantage et elle revenait sans cesse là-
dessus.

Cependant il me fut donné de l'emmener à

Neuchâtel où je pus lui faire entendre un concert. Le rôle de chaque instrument dans la symphonie me permit de revenir sur cette question des couleurs. Je fis remarquer à Gertrude les sonorités différentes des cuivres, des instruments à cordes et des bois, et que chacun d'eux à sa manière est susceptible d'offrir, avec plus ou moins d'intensité, toute l'échelle des sons, des plus graves aux plus aigus. Je l'invitai à se représenter de même, dans la nature, les colorations rouges et orangées analogues aux sonorités des cors et des trombones, les jaunes et les verts à celles des violons, des violoncelles et des basses; les violets et les bleus rappelés ici par les flûtes, les clarinettes et les hautbois. Une sorte de ravissement intérieur vint dès lors remplacer ses doutes :

« Que cela doit être beau! » répétait-elle. Puis, tout à coup :

« Mais alors : le blanc? Je ne comprends plus à quoi ressemble le blanc... »

Et il m'apparut aussitôt combien ma comparaison était précaire.

« Le blanc, essayai-je pourtant de lui dire, est la limite aiguë où tous les tons se confondent, comme le noir en est la limite sombre. » — Mais ceci ne me satisfit pas plus qu'elle, qui me fit aussitôt remarquer que les bois, les cuivres et les violons restent distincts les uns des autres dans le plus grave aussi bien que dans le plus aigu. Que de fois, comme alors, je dus demeurer d'abord silencieux, perplexe et cherchant à quelle comparaison je pourrais faire appel.

« Eh bien! lui dis-je enfin, représente-toi le blanc comme quelque chose de tout pur, quelque chose où il n'y a plus aucune couleur, mais seulement de la lumière; le noir, au contraire, comme chargé de couleur, jusqu'à en être tout obscurci... »

Je ne rappelle ici ce débris de dialogue que

comme un exemple des difficultés où je me heurtais trop souvent. Gertrude avait ceci de bien qu'elle ne faisait jamais semblant de comprendre, comme font si souvent les gens, qui meublent ainsi leur esprit de données imprécises ou fausses, par quoi tous les raisonnements ensuite se trouvent viciés. Tant qu'elle ne s'en était point fait une idée nette, chaque notion demeurait pour elle une cause d'inquiétude et de gêne.

Pour ce que j'ai dit plus haut, la difficulté s'augmentait de ce que, dans son esprit, la notion de lumière et celle de chaleur s'étaient d'abord étroitement liées, de sorte que j'eus le plus grand mal à les dissocier par la suite.

Ainsi j'expérimentais sans cesse à travers elle combien le monde visuel diffère du monde des sons et à quel point toute comparaison que l'on cherche à tirer de l'un pour l'autre est boiteuse.

29 fév.

Tout occupé par mes comparaisons, je n'ai point dit encore l'immense plaisir que Gertrude avait pris à ce concert de Neuchâtel. On y jouait précisément *La Symphonie pastorale*. Je dis « précisément » car il n'est, on le comprend aisément, pas une œuvre que j'eusse pu davantage souhaiter de lui faire entendre. Longtemps après que nous eûmes quitté la salle de concert, Gertrude restait encore silencieuse et comme noyée dans l'extase.

« Est-ce que vraiment ce que vous voyez est aussi beau que cela? dit-elle enfin.

— Aussi beau que quoi? ma chérie.

— Que cette « *scène au bord du ruisseau.* »

Je ne lui répondis pas aussitôt, car je réfléchissais que ces harmonies ineffables peignaient, non point le monde tel qu'il était, mais bien tel qu'il aurait pu être, qu'il pourrait être sans le mal et sans le péché. Et jamais encore je n'avais osé parler à Gertrude du mal, du péché, de la mort.

« Ceux qui ont des yeux, dis-je enfin, ne connaissent pas leur bonheur.

— Mais moi qui n'en ai point, s'écria-t-elle aussitôt, je connais le bonheur d'entendre. »

Elle se serrait contre moi tout en marchant et elle pesait à mon bras comme font les petits enfants :

« Pasteur, est-ce que vous sentez combien je suis heureuse? Non, non, je ne dis pas cela pour vous faire plaisir. Regardez-moi : est-ce que cela ne se voit pas sur le

visage, quand ce que l'on dit n'est pas vrai?
Moi, je le reconnais si bien à la voix.
Vous souvenez-vous du jour où vous m'avez
répondu que vous ne pleuriez pas, après que
ma tante (c'est ainsi qu'elle appelait ma
femme) vous avait reproché de ne rien
savoir faire pour elle; je me suis écriée :
« Pasteur, vous mentez! » Oh! je l'ai senti tout
de suite à votre voix, que vous ne me disiez
pas la vérité; je n'ai pas eu besoin de toucher
vos joues, pour savoir que vous aviez
pleuré. Et elle répéta très haut : « Non, je
« n'avais pas besoin de toucher vos joues »
— ce qui me fit rougir, parce que nous
étions encore dans la ville et que des pas-
sants se retournèrent. Cependant elle continuait :

« Il ne faut pas chercher à m'en faire
accroire, voyez-vous. D'abord parce que ça
serait très lâche de chercher à tromper une
aveugle... Et puis parce que ça ne pren-

drait pas, ajouta-t-elle en riant. Dites-moi,
pasteur, vous n'êtes pas malheureux, n'est-ce
pas? »

Je portai sa main à mes lèvres, comme
pour lui faire sentir sans le lui avouer que
partie de mon bonheur venait d'elle, tout en
répondant :

« Non, Gertrude, non, je ne suis pas malheureux. Comment serais-je malheureux?

— Vous pleurez quelquefois, pourtant?

— J'ai pleuré quelquefois.

— Pas depuis la fois que j'ai dit?

— Non, je n'ai plus repleuré, depuis.

— Et vous n'avez plus eu envie de
pleurer?

— Non, Gertrude.

— Et dites... est-ce qu'il vous est arrivé
depuis, d'avoir envie de mentir?

— Non, chère enfant.

— Pouvez-vous me promettre de ne
jamais chercher à me tromper?

— Je le promets.

— Eh bien! dites-moi tout de suite : Est-ce que je suis jolie? »

Cette brusque question m'interloqua, d'autant plus que je n'avais point voulu jusqu'à ce jour accorder attention à l'indéniable beauté de Gertrude; et je tenais pour parfaitement inutile, au surplus, qu'elle en fût elle-même avertie.

« Que t'importe de le savoir? lui dis-je aussitôt.

— Cela, c'est mon souci, reprit-elle. Je voudrais savoir si je ne... comment dites-vous cela?... si je ne détonne pas trop dans la symphonie. A qui d'autre demanderais-je cela, pasteur?

— Un pasteur n'a pas à s'inquiéter de la beauté des visages, dis-je, me défendant comme je pouvais.

— Pourquoi?

— Parce que la beauté des âmes lui suffit.

— Vous préférez me laisser croire que je suis laide », dit-elle alors avec une moue charmante; de sorte que, n'y tenant plus, je m'écriai :

« Gertrude, vous savez bien que vous êtes jolie. »

Elle se tut et son visage prit une expression très grave dont elle ne se départit plus jusqu'au retour.

Aussitôt rentrés, Amélie trouva le moyen de me faire sentir qu'elle désapprouvait l'emploi de ma journée. Elle aurait pu me le dire auparavant; mais elle nous avait laissés partir, Gertrude et moi, sans mot dire, selon son habitude de laisser faire et de se réserver ensuite le droit de blâmer. Du reste elle ne me fit point précisément des reproches; mais son silence même était accusateur; car n'eût-il pas été naturel qu'elle s'informât de ce que nous avions entendu,

puisqu'elle savait que je menais Gertrude au
concert? la joie de cette enfant n'eût-elle pas
été augmentée par le moindre intérêt qu'elle
eût senti que l'on prenait à son plaisir?
Amélie du reste ne demeurait pas silencieuse, mais elle semblait mettre une sorte
d'affectation à ne parler que des choses
les plus indifférentes; et ce ne fut que le
soir, après que les petits furent allés se
coucher, que l'ayant prise à part et lui ayant
demandé sévèrement :

« Tu es fâchée de ce que j'ai mené Gertrude au concert? » j'obtins cette réponse :

« Tu fais pour elle ce que tu n'aurais fait
pour aucun des tiens. »

C'était donc toujours le même grief, et le
même refus de comprendre que l'on fête
l'enfant qui revient, mais non point ceux
qui sont demeurés, comme le montre la parabole; il me peinait aussi de ne la voir tenir
aucun compte de l'infirmité de Gertrude,

qui ne pouvait espérer d'autre fête que
celle-là. Et si, providentiellement, je m'étais
trouvé libre de mon temps ce jour-là, moi
qui suis si requis d'ordinaire, le reproche
d'Amélie était d'autant plus injuste qu'elle
savait bien que chacun de mes enfants
avait soit un travail à faire, soit quelque
occupation qui le retenait, et qu'elle-même,
Amélie, n'a point de goût pour la musique,
de sorte que, lorsqu'elle disposerait de
tout son temps, jamais il ne lui viendrait
à l'idée d'aller au concert, lors même
que celui-ci se donnerait à notre porte.

Ce qui me chagrinait davantage, c'est
qu'Amélie eût osé dire cela devant Gertrude; car bien que j'eusse pris ma femme
à l'écart, elle avait élevé la voix assez pour
que Gertrude l'entendît. Je me sentais
moins triste qu'indigné, et quelques instants
plus tard, comme Amélie nous avait laissés,
m'étant approché de Gertrude, je pris sa

petite main frêle et la portant à mon visage :

« Tu vois! cette fois je n'ai pas pleuré.

— Non : cette fois, c'est mon tour », dit-elle, en s'efforçant de me sourire; et son beau visage qu'elle levait vers moi, je vis soudain qu'il était inondé de larmes.

8 mars.

Le seul plaisir que je puisse faire à
Amélie, c'est de m'abstenir de faire les
choses qui lui déplaisent. Ces témoignages
d'amour tout négatifs sont les seuls qu'elle
me permette. A quel point elle a déjà rétréci
ma vie, c'est ce dont elle ne peut se rendre
compte. Ah! plût à Dieu qu'elle réclamât de
moi quelque action difficile! Avec quelle
joie j'accomplirais pour elle le téméraire, le
périlleux! Mais on dirait qu'elle répugne à
tout ce qui n'est pas coutumier; de sorte
que le progrès dans la vie n'est pour elle que
d'ajouter de semblables jours au passé.
Elle ne souhaite pas, elle n'accepte même

pas de moi, des vertus nouvelles, ni même un accroissement des vertus reconnues. Elle regarde avec inquiétude, quand ce n'est pas avec réprobation, tout effort de l'âme qui veut voir dans le Christianisme autre chose qu'une domestication des instincts.

Je dois avouer que j'avais complètement oublié, une fois à Neuchâtel, d'aller régler le compte de notre mercière, ainsi qu'Amélie m'en avait prié, et de lui rapporter une boîte de fil. Mais j'en étais ensuite beaucoup plus fâché contre moi qu'elle ne pouvait être elle-même; et d'autant plus que je m'étais bien promis de n'y pas manquer, sachant de reste que « celui qui est fidèle dans les petites choses le sera aussi dans les grandes », — et craignant les conclusions qu'elle pouvait tirer de mon oubli. J'aurais même voulu qu'elle m'en fît quelque reproche, car sur ce point certainement j'en méritais. Mais comme il advient surtout, le grief imaginaire l'emportait sur l'imputation précise : ah! que la vie serait belle et notre misère supportable, si nous nous contentions des maux réels sans prêter l'oreille aux fantômes et aux monstres de notre esprit... Mais je me laisse aller à noter ici ce qui ferait plutôt le sujet d'un sermon (Mat. XII, 29. « N'ayez point l'esprit inquiet »). C'est l'histoire du développement intellectuel et moral de Gertrude que j'ai entrepris de tracer ici. J'y reviens.

J'espérais pouvoir suivre ici ce développement pas à pas, et j'avais commencé d'en raconter le détail. Mais outre que le temps me manque pour en noter minutieusement toutes les phases, il m'est extrêmement difficile aujourd'hui d'en retrouver l'enchaînement exact. Mon récit m'entraînant, j'ai rapporté d'abord des réflexions de Gertrude, des conversations avec elle, beaucoup plus récentes, et celui qui par aventure lirait ces pages s'étonnera sans doute de l'entendre s'exprimer aussitôt avec tant de justesse et raisonner si judicieusement. C'est aussi que ses progrès furent d'une rapidité déconcertante : j'admirais souvent avec quelle promptitude son esprit saisissait l'aliment intellectuel que j'approchais d'elle et tout ce dont il pouvait s'emparer, le faisant sien par un travail d'assimilation et de maturation continuel. Elle me surprenait, précédant sans cesse ma pensée, la dépassant, et souvent d'un entretien à l'autre je ne reconnaissais plus mon élève.

Au bout de peu de mois il ne paraissait plus que son intelligence avait sommeillé si longtemps. Même elle montrait plus de sagesse déjà que n'en ont la plupart des jeunes filles que le monde extérieur dissipe et dont maintes préoccupations futiles absorbent la meilleure attention. Au surplus elle était, je crois, sensiblement plus âgée qu'il ne nous

avait paru d'abord. Il semblait qu'elle préten-
dît tourner à profit sa cécité, de sorte que j'en
venais à douter, si sur beaucoup de points,
cette infirmité ne lui devenait pas un avan-
tage. Malgré moi je la comparais à Charlotte
et lorsque parfois il m'arrivait de faire répéter
à celle-ci ses leçons, voyant son esprit tout
distrait par la moindre mouche qui vole,
je pensais : « Tout de même, comme elle
m'écouterait mieux, si seulement elle n'y
voyait pas ! »

Il va sans dire que Gertrude était très
avide de lectures ; mais, soucieux d'accom-
pagner le plus possible sa pensée, je préférais
qu'elle ne lût pas beaucoup — ou du moins
pas beaucoup sans moi — et principale-
ment la Bible, ce qui peut paraître bien
étrange pour un protestant. Je m'expliquerai
là-dessus ; mais, avant que d'aborder une
question si importante, je veux relater un
petit fait qui a rapport à la musique et qu'il

faut situer, autant qu'il m'en souvient, peu de temps après le concert de Neuchâtel.

Oui, ce concert avait eu lieu, je crois, trois semaines avant les vacances d'été qui ramenèrent Jacques près de nous. Entre-temps il m'était arrivé plus d'une fois d'asseoir Gertrude devant le petit harmonium de notre chapelle, que tient d'ordinaire Mlle de la M... chez qui Gertrude habite à présent. Louise de la M... n'avait pas encore commencé l'instruction musicale de Gertrude. Malgré l'amour que j'ai pour la musique, je n'y connais pas grand-chose et ne me sentais guère capable de rien lui enseigner lorsque je m'asseyais devant le clavier auprès d'elle.

« Non, laissez-moi, m'a-t-elle dit, dès les premiers tâtonnements. Je préfère essayer seule. »

Et je la quittais d'autant plus volontiers que la chapelle ne me paraissait guère un lieu

décent pour m'y enfermer seul avec elle,
autant par respect pour le saint lieu, que
par crainte des racontars — encore qu'à
l'ordinaire je m'efforce de n'en point tenir
compte; mais il s'agit ici d'elle et non plus
seulement de moi. Lorsqu'une tournée de
visites m'appelait de ce côté, je l'emmenais
jusqu'à l'église et l'abandonnais donc,
durant de longues heures, souvent, puis allais
la reprendre au retour. Elle s'occupait ainsi
patiemment, à découvrir des harmonies,
et je la retrouvais vers le soir, attentive,
devant quelque consonance qui la plongeait
dans un ravissement prolongé.

Un des premiers jours d'août, il y a à peine
un peu plus de six mois de cela, n'ayant
point trouvé chez elle une pauvre veuve
à qui j'allais porter quelque consolation,
je revins pour prendre Gertrude à l'église
où je l'avais laissée; elle ne m'attendait
point si tôt et je fus extrêmement surpris

de trouver Jacques auprès d'elle. Ni l'un ni l'autre ne m'avaient entendu entrer, car le peu de bruit que je fis fut couvert par les sons de l'orgue. Il n'est point dans mon naturel d'épier, mais tout ce qui touche à Gertrude me tient au cœur : amortissant donc le bruit de mes pas, je gravis furtivement les quelques marches de l'escalier qui mène à la tribune; excellent poste d'observation. Je dois dire que, tout le temps que je demeurai là, je n'entendis pas une parole que l'un et l'autre n'eussent aussi bien dite devant moi. Mais, il était contre elle et, à plusieurs reprises, je le vis qui prenait sa main pour guider ses doigts sur les touches. N'était-il pas étrange déjà qu'elle acceptât de lui des observations et une direction dont elle m'avait dit précédemment qu'elle préférait se passer? J'en étais plus étonné, plus peiné que je n'aurais voulu me l'avouer à moi-même et déjà je me proposais d'intervenir lorsque je vis Jacques tout à coup tirer sa montre.

« Il est temps que je te quitte, à présent, dit-il; mon père va bientôt revenir. »

Je le vis alors porter à ses lèvres la main qu'elle lui abandonna; puis il partit. Quelques instants après, ayant redescendu sans bruit l'escalier, j'ouvris la porte de l'église de manière qu'elle pût l'entendre et croire que je ne faisais que d'entrer.

« Eh bien, Gertrude! Es-tu prête à rentrer? L'orgue va bien?

— Oui, très bien, me dit-elle de sa voix la plus naturelle; aujourd'hui j'ai vraiment fait quelques progrès. »

Une grande tristesse emplissait mon cœur, mais nous ne fîmes ni l'un ni l'autre aucune allusion à ce que je viens de raconter.

Il me tardait de me trouver seul avec Jacques. Ma femme, Gertrude et les enfants se retiraient d'ordinaire assez tôt après le

souper, nous laissant tous deux prolonger
studieusement la veillée. J'attendais ce
moment. Mais devant que de lui parler je me
sentis le cœur si gonflé et par des sentiments
si troublés que je ne savais ou n'osais aborder le sujet qui me tourmentait. Et ce fut lui
qui brusquement rompit le silence en m'an-
nonçant sa résolution de passer toutes les
vacances auprès de nous. Or, peu de jours
auparavant, il nous avait fait part d'un projet
de voyage dans les Hautes-Alpes, que ma
femme et moi avions grandement approuvé;
je savais que son ami T..., qu'il choisissait
pour compagnon de route, l'attendait; aussi
m'apparut-il nettement que ce revirement
subit n'était point sans rapport avec la scène
que je venais de surprendre. Une grande
indignation me souleva d'abord, mais craignant, si je m'y laissais aller, que mon fils
ne se fermât à moi définitivement, craignant aussi d'avoir à regretter des paroles

trop vives, je fis un grand effort sur moi-
même et du ton le plus naturel que je pus :

« Je croyais que T... comptait sur toi,
lui dis-je.

— Oh! reprit-il, il n'y comptait pas abso-
lument, et du reste, il ne sera pas en peine
de me remplacer. Je me repose aussi bien ici
que dans l'Oberland et je crois vraiment
que je peux employer mon temps mieux
qu'à courir les montagnes.

— Enfin, dis-je, tu as trouvé ici de quoi
t'occuper? »

Il me regarda, percevant dans le ton de
ma voix quelque ironie, mais, comme il n'en
distinguait pas encore le motif, il reprit d'un
air dégagé :

« Vous savez que j'ai toujours préféré
le livre à l'alpenstock.

— Oui, mon ami, fis-je en le regardant à
mon tour fixement; mais ne crois-tu pas que
les leçons d'accompagnement à l'harmonium

présentent pour toi encore plus d'attrait que la lecture? »

Sans doute il se sentit rougir, car il mit sa main devant son front, comme pour s'abriter de la clarté de la lampe. Mais il se ressaisit presque aussitôt, et d'une voix que j'aurais souhaitée moins assurée :

« Ne m'accusez pas trop, mon père. Mon intention n'était pas de vous rien cacher, et vous devancez de bien peu l'aveu que je m'apprêtais à vous faire. »

Il parlait posément, comme on lit un livre, achevant ses phrases avec autant de calme, semblait-il, que s'il ne se fût pas agi de lui-même. L'extraordinaire possession de soi dont il faisait preuve achevait de m'exaspérer. Sentant que j'allais l'interrompre, il leva la main, comme pour me dire : non, vous pourrez parler ensuite, laissez-moi d'abord achever; mais je saisis son bras et le secouant :

« Plutôt que de te voir porter le trouble dans l'âme pure de Gertrude, m'écriai-je impétueusement, ah! je préférerais ne plus te revoir. Je n'ai pas besoin de tes aveux! Abuser de l'infirmité, de l'innocence, de la candeur, c'est une abominable lâcheté dont je ne t'aurais jamais cru capable! et de m'en parler avec ce détestable sang-froid!... Écoute-moi bien : J'ai charge de Gertrude et je ne supporterai pas un jour de plus que tu lui parles, que tu la touches, que tu la voies.

— Mais, mon père, reprit-il sur le même ton tranquille et qui me mettait hors de moi, croyez bien que je respecte Gertrude autant que vous pouvez faire vous-même. Vous vous méprenez étrangement si vous pensez qu'il entre quoi que ce soit de répréhensible, je ne dis pas seulement dans ma conduite, mais dans mon dessein même et dans le secret de mon cœur. J'aime Gertrude, et je la respecte, vous dis-je, autant que je l'aime. L'idée de la troubler, d'abuser de son innocence et de sa cécité me paraît aussi abominable qu'à vous. » Puis il protesta que ce qu'il voulait être pour elle, c'était un soutien, un ami, un mari; qu'il n'avait pas cru devoir m'en parler avant que sa résolution de l'épouser ne fût prise; que cette résolution Gertrude elle-même ne la connaissait pas encore et que c'était à moi qu'il en voulait parler d'abord. « Voici l'aveu que j'avais à vous faire, ajouta-t-il, et je n'ai rien d'autre à vous confesser, croyez-le. »

Ces paroles m'emplissaient de stupeur. Tout en les écoutant j'entendais mes tempes battre. Je n'avais préparé que des reproches, et, à mesure qu'il m'enlevait toute raison de m'indigner, je me sentais plus désemparé, de sorte qu'à la fin de son discours je ne trouvais plus rien à lui dire.

« Allons nous coucher », fis-je enfin, après

un assez long silence. Je m'étais levé et lui posai la main sur l'épaule. « Demain je te dirai ce que je pense de tout cela.

— Dites-moi du moins que vous n'êtes plus irrité contre moi.

— J'ai besoin de la nuit pour réfléchir. »

Quand je retrouvai Jacques le lendemain, il me sembla vraiment que je le regardais pour la première fois. Il m'apparut tout à coup que mon fils n'était plus un enfant, mais un jeune homme; tant que je le considérais comme un enfant, cet amour que j'avais surpris pouvait me sembler monstrueux. J'avais passé la nuit à me persuader qu'il était tout naturel et normal au contraire. D'où venait que mon insatisfaction n'en était que plus vive? C'est ce qui ne devait s'éclairer pour moi qu'un peu plus tard. En attendant je devais parler à Jacques et lui signifier ma décision. Or un instinct aussi sûr que celui de la conscience m'avertissait qu'il fallait empêcher ce mariage à tout prix.

J'avais entraîné Jacques dans le fond du jardin; c'est là que je lui demandai d'abord :

« T'es-tu déclaré à Gertrude?

— Non, me dit-il. Peut-être sent-elle déjà mon amour; mais je ne le lui ai point avoué.

= Eh bien! tu vas me faire la promesse de ne pas lui en parler encore.

— Mon père, je me suis promis de vous obéir; mais ne puis-je connaître vos raisons? »

J'hésitais à lui en donner, ne sachant trop si celles qui me venaient d'abord à l'esprit étaient celles mêmes qu'il importait le plus de mettre en avant. A dire vrai la conscience bien plutôt que la raison dictait ici ma conduite.

« Gertrude est trop jeune, dis-je enfin. Songe qu'elle n'a pas encore communié.

Tu sais que ce n'est pas une enfant comme les autres, hélas! et que son développement a été beaucoup retardé. Elle ne serait sans doute que trop sensible, confiante comme elle est, aux premières paroles d'amour qu'elle entendrait; c'est précisément pourquoi il importe de ne pas les lui dire. S'emparer de ce qui ne peut se défendre, c'est une lâcheté; je sais que tu n'es pas un lâche. Tes sentiments, dis-tu, n'ont rien de répréhensible; moi je les dis coupables parce qu'ils sont prématurés. La prudence que Gertrude n'a pas encore, c'est à nous de l'avoir pour elle. C'est une affaire de conscience. »

Jacques a ceci d'excellent, qu'il suffit, pour le retenir, de ces simples mots : « Je fais appel à ta conscience » dont j'ai souvent usé lorsqu'il était enfant. Cependant je le regardais et pensais que, si elle pouvait y voir, Gertrude ne laisserait pas d'admirer ce grand corps svelte, à la fois si droit et si souple, ce beau front sans rides, ce regard franc, ce visage enfantin encore, mais que semblait ombrer une soudaine gravité. Il était nu-tête et ses cheveux cendrés, qu'il portait alors assez longs, bouclaient légèrement à ses tempes et cachaient ses oreilles à demi.

« Il y a ceci que je veux te demander encore, repris-je en me levant du banc où nous étions assis : tu avais l'intention, disais-tu, de partir après-demain; je te prie de ne pas différer ce départ. Tu devais rester absent tout un mois; je te prie de ne pas raccourcir d'un jour ce voyage. C'est entendu?

— Bien, mon père, je vous obéirai. »

Il me parut qu'il devenait extrêmement pâle, au point que ses lèvres mêmes étaient décolorées. Mais je me persuadai que, pour une soumission si prompte, son amour ne devait pas être bien fort; et j'en éprouvai un soulagement indicible. Au surplus, j'étais sensible à sa docilité.

« Je retrouve l'enfant que j'aimais », lui dis-je doucement, et, le tirant à moi, je posai mes lèvres sur son front. Il y eut de sa part un léger recul; mais je ne voulus pas m'en affecter.

10 mars.

Notre maison est si petite que nous sommes obligés de vivre un peu les uns sur les autres, ce qui est assez gênant parfois pour mon travail, bien que j'aie réservé au premier une petite pièce où je puisse me retirer et recevoir mes visites; gênant surtout lorsque je veux parler à l'un des miens en particulier, sans pourtant donner à l'entretien une allure trop solennelle comme il adviendrait dans cette sorte de parloir que les enfants appellent en plaisantant : le Lieu saint, où il leur est défendu d'entrer; mais ce même matin Jacques était parti pour Neuchâtel, où il devait acheter ses chaus-

sures d'excursionniste, et, comme il faisait
très beau, les enfants, après déjeuner, sor-
tirent avec Gertrude, que tout à la fois ils
conduisent et qui les conduit. (J'ai plaisir à
remarquer ici que Charlotte est particulièrement attentionnée avec elle.) Je me trouvai donc tout naturellement seul avec Amélie
à l'heure du thé, que nous prenons toujours
dans la salle commune. C'était ce que je
désirais, car il me tardait de lui parler. Il
m'arrive si rarement d'être en tête-à-tête
avec elle que je me sentais comme timide, et
l'importance de ce que j'avais à lui dire me
troublait, comme s'il se fût agi, non des aveux
de Jacques, mais des miens propres.
J'éprouvais aussi, devant que de parler, à
quel point deux êtres, vivant somme toute
de la même vie, et qui s'aiment, peuvent
rester (ou devenir) l'un pour l'autre énig-
matiques et emmurés; les paroles, dans ce
cas, soit celles que nous adressons à

l'autre, soit celles que l'autre nous adresse, sonnent plaintivement comme des coups de sonde pour nous avertir de la résistance de cette cloison séparatrice et qui, si l'on n'y veille, risque d'aller s'épaississant...

« Jacques m'a parlé hier soir et ce matin », commençai-je, tandis qu'elle versait le thé; et ma voix était aussi tremblante que celle de Jacques hier était assurée. « Il m'a parlé de son amour pour Gertrude.

— Il a bien fait de t'en parler », dit-elle sans me regarder et en continuant son travail de ménagère, comme si je lui annonçais une chose toute naturelle, ou plutôt comme si je ne lui apprenais rien.

« Il m'a dit son désir de l'épouser; sa résolution...

— C'était à prévoir, murmura-t-elle en haussant légèrement les épaules.

— Alors tu t'en doutais? fis-je un peu nerveusement.

— On voyait venir cela depuis longtemps. Mais c'est un genre de choses que
les hommes ne savent pas remarquer. »

Comme il n'eût servi à rien de protester, et que du reste il y avait peut-être un
peu de vrai dans sa repartie, j'objectai simplement :

« Dans ce cas, tu aurais bien pu
m'avertir. »

Elle eut ce sourire un peu crispé du
coin de la lèvre, par quoi elle accompagne
parfois et protège ses réticences, et en
hochant la tête obliquement :

« S'il fallait que je t'avertisse de tout ce
que tu ne sais pas remarquer ! »

Que signifiait cette insinuation ? C'est ce
que je ne savais, ni ne voulais chercher à
savoir, et passant outre :

« Enfin, je voulais entendre ce que toi tu
penses de cela. »

Elle soupira, puis :

« Tu sais, mon ami, que je n'ai jamais approuvé la présence de cette enfant parmi nous. »

J'avais du mal à ne pas m'irriter en la voyant revenir ainsi sur le passé.

« Il ne s'agit pas de la présence de Gertrude », repris-je; mais Amélie continuait déjà :

« J'ai toujours pensé qu'il n'en pourrait rien résulter que de fâcheux. »

Par grand désir de conciliation, je saisis au bond la phrase :

« Alors tu considères comme fâcheux un tel mariage. Eh bien! c'est ce que je voulais t'entendre dire; heureux que nous soyons du même avis. » J'ajoutai que du reste Jacques s'était docilement soumis aux raisons que je lui avais données, de sorte qu'elle n'avait plus à s'inquiéter : qu'il était convenu qu'il partirait demain pour ce voyage qui devrait durer tout un mois.

« Comme je ne me soucie pas plus que
toi qu'il retrouve Gertrude ici à son retour,
dis-je enfin, j'ai pensé que le mieux serait de
la confier à Mlle de la M... chez qui je pour-
rai continuer de la voir; car je ne me dissi-
mule pas que j'ai contracté de véritables obligations envers elle. J'ai tantôt été pressentir
la nouvelle hôtesse, qui ne demande qu'à
nous obliger. Ainsi tu seras délivrée d'une
présence qui t'est pénible. Louise de la M...
s'occupera de Gertrude; elle se montre
enchantée de l'arrangement; elle se réjouit
déjà de lui donner des leçons d'harmonie. »

Amélie semblant décidée à demeurer silencieuse, je repris :

« Comme il faut éviter que Jacques
n'aille retrouver Gertrude là-bas en dehors
de nous, je crois qu'il sera bon d'avertir
Mlle de la M... de la situation, ne penses-
tu pas? »

Je tâchais par cette interrogation d'obtenir un mot d'Amélie; mais elle gardait les lèvres serrées, comme s'étant juré de ne rien dire. Et je continuai, non qu'il me restât rien à ajouter, mais parce que je ne pouvais supporter son silence :

« Au reste, Jacques reviendra de ce voyage peut-être déjà guéri de son amour. A son âge, est-ce qu'on connaît seulement ses désirs?

— Oh! même plus tard on ne les connaît pas toujours », fit-elle enfin bizarrement.

Son ton énigmatique et sentencieux m'irritait, car je suis de naturel trop franc pour m'accommoder aisément du mystère. Me tournant vers elle, je la priai d'expliquer ce qu'elle sous-entendait par là.

« Rien, mon ami, reprit-elle tristement. Je songeais seulement que tantôt tu souhaitais qu'on t'avertisse de ce que tu ne remarquais pas.

— Et alors?

— Et alors je me disais qu'il n'est pas aisé d'avertir. »

J'ai dit que j'avais horreur du mystère et, par principe, je me refuse aux sous-entendus.

« Quand tu voudras que je te comprenne, tu tâcheras de t'exprimer plus clairement », repartis-je d'une manière peut-être un peu brutale, et que je regrettai tout aussitôt; car je vis un instant ses lèvres trembler. Elle détourna la tête puis, se levant, fit quelques pas hésitants et comme chancelants dans la pièce.

« Mais enfin, Amélie, m'écriai-je, pourquoi continues-tu à te désoler, à présent que tout est réparé? »

Je sentais que mon regard la gênait, et c'est le dos tourné, m'accoudant à la table et la tête appuyée contre la main, que je lui dis :

« Je t'ai parlé durement tout à l'heure. Pardon. »

Alors je l'entendis s'approcher de moi, puis je sentis ses doigts se poser doucement sur mon front, tandis qu'elle disait d'une voix tendre et pleine de larmes :

« Mon pauvre ami! »

Puis aussitôt elle quitta la pièce.

Les phrases d'Amélie, qui me paraissaient alors mystérieuses, s'éclairèrent pour moi peu ensuite; je les ai rapportées telles qu'elles m'apparurent d'abord; et ce jour-là je compris seulement qu'il était temps que Gertrude partît.

12 mars.

Je m'étais imposé ce devoir de consa-
crer quotidiennement un peu de temps à
Gertrude; c'était, suivant les occupations de
chaque jour, quelques heures ou quelques
instants. Le lendemain du jour où j'avais
eu cette conversation avec Amélie, je me
trouvais assez libre, et, le beau temps y invitant, j'entraînai Gertrude à travers la forêt,
jusqu'à ce repli du Jura où, à travers le rideau
des branches et par-delà l'immense pays
dominé, le regard, quand le temps est clair,
par-dessus une brume légère, découvre
l'émerveillement des Alpes blanches. Le
soleil déclinait déjà sur notre gauche quand
nous parvînmes à l'endroit où nous avions

coutume de nous asseoir. Une prairie à l'herbe à la fois rase et drue dévalait à nos pieds; plus loin pâturaient quelques vaches; chacune d'elles, dans ces troupeaux de montagne, porte une cloche au cou.

« Elles dessinent le paysage », disait Gertrude en écoutant leur tintement.

Elle me demanda, comme à chaque promenade, de lui décrire l'endroit où nous nous arrêtions.

« Mais, lui dis-je, tu le connais déjà; c'est l'orée d'où l'on voit les Alpes.

— Est-ce qu'on les voit bien aujourd'hui?

— On voit leur splendeur tout entière.

— Vous m'avez dit qu'elles étaient chaque jour un peu différentes.

— A quoi les comparerai-je aujourd'hui? A la soif d'un plein jour d'été. Avant ce soir elles auront achevé de se dissoudre dans l'air.

— Je voudrais que vous me disiez s'il y a des lis dans la grande prairie devant nous?

— Non, Gertrude; les lis ne croissent pas sur ces hauteurs; ou seulement quelques espèces rares.

— Pas ceux que l'on appelle les lis des champs?

— Il n'y a pas de lis dans les champs.

— Même pas dans les champs des environs de Neuchâtel?

— Il n'y a pas de lis des champs.

— Alors pourquoi le Seigneur nous dit-il : « Regardez les lis des champs »?

— Il y en avait sans doute de son temps, pour qu'il le dise; mais les cultures des hommes les ont fait disparaître.

— Je me rappelle que vous m'avez dit souvent que le plus grand besoin de cette terre est de confiance et d'amour. Ne pensez-vous pas qu'avec un peu plus de confiance l'homme recommencerait de les

voir? Moi, quand j'écoute cette parole, je
vous assure que je les vois. Je vais vous les
décrire, voulez-vous? — On dirait des cloches
de flammes, de grandes cloches d'azur, em-
plies du parfum de l'amour et que balance
le vent du soir. Pourquoi me dites-vous
qu'il n'y en a pas, là devant nous? Je les
sens! J'en vois la praïrie toute emplie.

— Ils ne sont pas plus beaux que tu les
vois, ma Gertrude.

— Dites qu'ils ne sont pas moins beaux.

— Ils sont aussi beaux que tu les vois.

— « Et je vous dis en vérité que Salo-
« mon même, dans toute sa gloire, n'était
« pas vêtu comme l'un d'eux », dit-elle,
citant les paroles du Christ, et d'entendre sa
voix si mélodieuse, il me sembla que j'écou-
tais ces mots pour la première fois. « Dans
toute sa gloire », répéta-t-elle pensivement,
puis elle demeura quelque temps silencieuse,
et je repris :

« Je te l'ai dit, Gertrude : ceux qui ont des yeux sont ceux qui ne savent pas regarder. » Et du fond de mon cœur j'entendais s'élever cette prière : « Je te rends grâces, ô Dieu, de révéler aux humbles ce que tu caches aux intelligents! »

« Si vous saviez, s'écria-t-elle alors dans une exaltation enjouée, si vous pouviez savoir combien j'imagine aisément tout cela. Tenez! voulez-vous que je vous décrive le paysage?... Il y a derrière nous, au-dessus et autour de nous, les grands sapins, au goût de résine, au tronc grenat, aux longues sombres branches horizontales qui se plaignent lorsque veut les courber le vent. A nos pieds, comme un livre ouvert, incliné sur le pupitre de la montagne, la grande prairie verte et diaprée, que bleuit l'ombre, que dore le soleil, et dont les mots distincts sont des fleurs — des gentianes, des pulsatilles, des renoncules, et les beaux lis de

Salomon — que les vaches viennent épeler avec leurs cloches, et où les anges viennent lire, puisque vous dites que les yeux des hommes sont clos. Au bas du livre, je vois un grand fleuve de lait fumeux, brumeux, couvrant tout un abîme de mystère, un fleuve immense, sans autre rive que, là-bas, tout au loin devant nous, les belles Alpes éblouissantes... C'est là-bas que doit aller Jacques. Dites : est-ce vrai qu'il part demain?

— Il doit partir demain. Il te l'a dit?

— Il ne me l'a pas dit; mais je l'ai compris. Il doit rester longtemps absent?

— Un mois... Gertrude, je voulais te demander... Pourquoi ne m'as-tu pas raconté qu'il venait te retrouver à l'église?

— Il est venu m'y retrouver deux fois. Oh! je ne veux rien vous cacher! mais je craignais de vous faire de la peine.

— Tu m'en ferais en ne le disant pas. »

97

Sa main chercha la mienne.

« Il était triste de partir.

— Dis-moi, Gertrude... t'a-t-il dit qu'il t'aimait?

— Il ne me l'a pas dit; mais je sens bien cela sans qu'on le dise. Il ne m'aime pas tant que vous.

— Et toi, Gertrude, tu souffres de le voir partir?

— Je pense qu'il vaut mieux qu'il parte. Je ne pourrais pas lui répondre.

— Mais, dis : tu souffres, toi, de le voir partir?

— Vous savez bien que c'est vous que j'aime, pasteur... Oh! pourquoi retirez-vous votre main? Je ne vous parlerais pas ainsi si vous n'étiez pas marié. Mais on n'épouse pas une aveugle. Alors pourquoi ne pourrions-nous pas nous aimer? Dites, pasteur, est-ce que vous trouvez que c'est mal?

— Le mal n'est jamais dans l'amour.

— Je ne sens rien que de bon dans mon cœur. Je ne voudrais pas faire souffrir Jacques. Je voudrais ne faire souffrir personne... Je voudrais ne donner que du bonheur.

— Jacques pensait à demander ta main.

— Me laisserez-vous lui parler avant son départ? Je voudrais lui faire comprendre qu'il doit renoncer à m'aimer. Pasteur, vous comprenez, n'est-ce pas, que je ne peux épouser personne? Vous me laisserez lui parler, n'est-ce pas?

— Dès ce soir.

— Non, demain, au moment même de son départ... »

Le soleil se couchait dans une splendeur exaltée. L'air était tiède. Nous nous étions levés et tout en parlant nous avions repris le sombre chemin du retour.

DEUXIÈME CAHIER

25 avril.

J'ai dû laisser quelque temps ce cahier.

La neige avait enfin fondu, et sitôt que les routes furent redevenues praticables, il m'a fallu m'acquitter d'un grand nombre d'obligations que j'avais été forcé de remettre pendant le long temps que notre village était resté bloqué. Hier seulement, j'ai pu retrouver quelques instants de loisir.

La nuit dernière j'ai relu tout ce que j'avais écrit ici...

Aujourd'hui que j'ose appeler par son

nom le sentiment si longtemps inavoué de
mon cœur, je m'explique à peine comment
j'ai pu jusqu'à présent m'y méprendre; comment certaines paroles d'Amélie, que j'ai
rapportées, ont pu me paraître mystérieuses;
comment, après les naïves déclarations de
Gertrude, j'ai pu douter encore si je l'aimais. C'est que, tout à la fois, je ne consentais point alors à reconnaître d'amour
permis en dehors du mariage, et que, dans
le sentiment qui me penchait si passionné-
ment vers Gertrude, je ne consentais pas à
reconnaître quoi que ce soit de défendu.

La naïveté de ses aveux, leur franchise
même me rassurait. Je me disais : c'est une
enfant. Un véritable amour n'irait pas sans
confusion, ni rougeurs. Et de mon côté je
me persuadais que je l'aimais comme on
aime un enfant infirme. Je la soignais comme
on soigne un malade, — et d'un entraîne-
ment j'avais fait une obligation morale, un

devoir. Oui, vraiment, ce soir même où elle me parlait comme j'ai rapporté, je me sentais l'âme si légère et si joyeuse que je me méprenais encore, et encore en transcrivant ces propos. Et parce que j'eusse cru répréhensible l'amour, et que j'estimais que tout ce qui est répréhensible courbe l'âme, ne me sentant point l'âme chargée je ne croyais pas à l'amour.

J'ai rapporté ces conversations non seulement telles qu'elles ont eu lieu, mais encore les ai-je transcrites dans une disposition d'esprit toute pareille; à vrai dire ce n'est qu'en les relisant cette nuit-ci que j'ai compris...

Sitôt après le départ de Jacques — auquel j'avais laissé Gertrude parler, et qui ne revint que pour les derniers jours de vacances, affectant ou de fuir Gertrude ou de ne lui parler plus que devant moi — notre vie avait repris son cours très calme. Gertrude, ainsi qu'il était convenu, avait été loger chez Mlle Louise, où j'allais la voir chaque jour. Mais, par peur de l'amour encore, j'affectais de ne plus parler avec elle de rien qui nous pût émouvoir. Je ne lui parlais plus qu'en pasteur, et le plus souvent en présence de Louise, m'occupant surtout de son instruction religieuse et la préparant à la communion qu'elle vient de faire à Pâques.

Le jour de Pâques, j'ai, moi aussi, communié.

Il y a de cela quinze jours. A ma surprise, Jacques, qui venait passer une semaine de vacances près de nous, ne m'a pas accompagné auprès de la Table Sainte. Et j'ai le grand regret de devoir dire qu'Amélie, pour la première fois depuis notre mariage, s'est également abstenue. Il semblait qu'ils se fussent tous deux donné le mot et eussent résolu, par leur défection à ce rendez-vous

solennel de jeter l'ombre sur ma joie. Ici
encore, je me félicitai que Gertrude ne pût
y voir, de sorte que je fusse seul à supporter le poids de cette ombre. Je connais trop
bien Amélie pour n'avoir pas su voir tout ce
qu'il entrait de reproche indirect dans sa
conduite. Il ne lui arrive jamais de me
désapprouver ouvertement, mais elle tient à
me marquer son désaveu par une sorte d'isolement.

Je m'affectai profondément de ce qu'un
grief de cet ordre — je veux dire : tel que je
répugne à le considérer — pût incliner l'âme
d'Amélie au point de la détourner de ses
intérêts supérieurs. Et de retour à la maison,
je priai pour elle dans toute la sincérité de
mon cœur.

Quant à l'abstention de Jacques, elle était
due à de tout autres motifs et qu'une conversation, que j'eus avec lui peu de temps
après, vint éclairer.

3 mai.

L'instruction religieuse de Gertrude m'a
amené à relire l'Évangile avec un œil neuf.
Il m'apparaît de plus en plus que nombre
des notions dont se compose notre foi
chrétienne relèvent non des paroles du
Christ mais des commentaires de saint Paul.

Ce fut proprement le sujet de la discussion que je viens d'avoir avec Jacques. De
tempérament un peu sec, son cœur ne fournit
pas à sa pensée un aliment suffisant; il
devient traditionaliste et dogmatique. Il
me reproche de choisir dans la doctrine chrétienne « ce qui me plaît ». Mais je ne choisis pas telle ou telle parole du Christ. Simple-

ment entre le Christ et saint Paul, je choisis le Christ. Par crainte d'avoir à les opposer, lui se refuse à dissocier l'un de l'autre, se refuse à sentir de l'un à l'autre une différence d'inspiration, et proteste si je lui dis qu'ici j'écoute un homme tandis que là j'entends Dieu. Plus il raisonne, plus il me persuade de ceci : qu'il n'est point sensible à l'accent uniquement divin de la moindre parole du Christ.

Je cherche à travers l'Évangile, je cherche en vain commandement, menace, défense... Tout cela n'est que de saint Paul. Et c'est précisément de ne le trouver point dans les paroles du Christ, qui gêne Jacques. Les âmes semblables à la sienne se croient perdues, dès qu'elles ne sentent plus auprès d'elles tuteurs, rampes et garde-fous. De plus elles tolèrent mal chez autrui une liberté qu'elles résignent, et souhaitent d'obtenir par contrainte tout ce qu'on est prêt à leur accorder par amour.

« Mais, mon père, me dit-il, moi aussi
je souhaite le bonheur des âmes.

— Non, mon ami; tu souhaites leur soumission.

— C'est dans la soumission qu'est le bonheur. »

Je lui laisse le dernier mot parce qu'il me
déplaît d'ergoter; mais je sais bien que l'on
compromet le bonheur en cherchant à l'obtenir par ce qui doit au contraire n'être que
l'effet du bonheur — et que s'il est vrai de
penser que l'âme aimante se réjouit de sa
soumission volontaire, rien n'écarte plus
du bonheur qu'une soumission sans amour.

Au demeurant, Jacques raisonne bien, et
si je ne souffrais de rencontrer, dans un si
jeune esprit, déjà tant de raideur doctri-
nale, j'admirerais sans doute la qualité de
ses arguments et la constance de sa logique.
Il me paraît souvent que je suis plus jeune
que lui; plus jeune aujourd'hui que je

n'étais hier, et je me redis cette parole :
« Si vous ne devenez semblables à des petits
enfants, vous ne sauriez entrer dans le
Royaume. »

Est-ce trahir le Christ, est-ce diminuer,
profaner l'Évangile que d'y voir surtout une
méthode pour arriver à la vie bienheureuse?
L'état de joie, qu'empêchent notre doute et
la dureté de nos cœurs, pour le chrétien
est un état obligatoire. Chaque être est plus
ou moins capable de joie. Chaque être doit
tendre à la joie. Le seul sourire de Gertrude m'en apprend plus là-dessus, que mes
leçons ne lui enseignent.

Et cette parole du Christ s'est dressée lumi-
neusement devant moi. « Si vous étiez
aveugles, vous n'auriez point de péché. »
Le péché, c'est ce qui obscurcit l'âme, c'est
ce qui s'oppose à sa joie. Le parfait bonheur de Gertrude, qui rayonne de tout son
être, vient de ce qu'elle ne connaît point le

péché. Il n'y a en elle que de la clarté, de l'amour.

J'ai mis entre ses mains vigilantes les quatre évangiles, les psaumes, l'apocalypse et les trois épîtres de Jean où elle peut lire : « Dieu est lumière et il n'y a point en lui de ténèbres » comme déjà dans son évangile elle pouvait entendre le Sauveur dire : « Je suis la lumière du monde; celui qui est avec moi ne marchera pas dans les ténèbres. » Je me refuse à lui donner les épîtres de Paul, car si, aveugle, elle ne connaît point le péché, que sert de l'inquiéter en la laissant lire : « Le péché a pris de nouvelles forces par le commandement » (Romains VII, 13) et toute la dialectique qui suit, si admirable soit-elle?

Le docteur Martins est venu hier de **La Chaux-de-Fonds**. Il a longuement examiné les yeux de Gertrude à l'ophtalmoscope. Il m'a dit avoir parlé de Gertrude au docteur Roux, le spécialiste de Lausanne, à qui il doit faire part de ses observations. Leur idée à tous deux c'est **que** Gertrude serait opérable. Mais nous avons convenu de ne lui parler de rien tant qu'il n'y aurait pas plus de certitude. Martins doit venir me renseigner après consultation. Que servirait d'éveiller en Gertrude un espoir qu'on risque de devoir éteindre aussitôt? — Au surplus, n'est-elle pas heureuse ainsi?...

10 mai.

A Pâques, Jacques et Gertrude se sont revus, en ma présence — du moins Jacques a revu Gertrude et lui a parlé, mais rien que de choses insignifiantes. Il s'est montré moins ému que je n'aurais pu craindre, et je me persuade à nouveau que, vraiment ardent, son amour n'aurait pas été si facile à réduire, malgré que Gertrude lui ait déclaré, avant son départ l'an passé, que cet amour devait demeurer sans espoir. J'ai constaté qu'il vousoie Gertrude à présent, ce qui est certainement préférable; je ne le lui avais pourtant pas demandé, de sorte que je suis heureux qu'il ait compris cela

de lui-même. Il y a incontestablement beaucoup de bon en lui.

Je soupçonne néanmoins que cette soumission de Jacques n'a pas été sans débats
et sans luttes. Le fâcheux, c'est que la
contrainte qu'il a dû imposer à son cœur, à
présent lui paraît bonne en elle-même; il
la souhaiterait voir imposer à tous; je l'ai
senti dans cette discussion que je viens d'avoir
avec lui et que j'ai rapportée plus haut.
N'est-ce pas La Rochefoucauld qui disait
que l'esprit est souvent la dupe du cœur? Il
va sans dire que je n'osai le faire remarquer
à Jacques aussitôt, connaissant son humeur
et le tenant pour un de ceux que la discussion ne fait qu'obstiner dans son sens; mais
le soir même, ayant retrouvé, et dans saint
Paul précisément (je ne pouvais le battre
qu'avec ses armes), de quoi lui répondre, j'eus
soin de laisser dans sa chambre un billet où
il a pu lire : « Que celui qui ne mange pas

ne juge pas celui qui mange, car Dieu a accueilli ce dernier. » (Romains xiv, 2.)

J'aurais aussi bien pu copier la suite : « Je sais et je suis persuadé par le Seigneur Jésus que rien n'est impur en soi et qu'une chose n'est impure que pour celui qui la croit impure » — mais je n'ai pas osé, craignant que Jacques n'allât supposer, en mon esprit, à l'égard de Gertrude, quelque interprétation injurieuse, qui ne doit même pas effleurer son esprit. Évidemment il s'agit ici d'aliments; mais à combien d'autres passages de l'Écriture n'est-on pas appelé à prêter double et triple sens? (« Si ton œil... »; multiplication des pains; miracle aux noces de Cana, etc.) Il ne s'agit pas ici d'ergoter; la signification de ce verset est large et profonde : la restriction ne doit pas être dictée par la loi, mais par l'amour, et saint Paul, aussitôt ensuite, s'écrie : « Mais si, pour un aliment, ton frère est attristé,

tu ne marches pas selon l'amour. » C'est
au défaut de l'amour que nous attaque le
Malin. Seigneur! enlevez de mon cœur tout
ce qui n'appartient pas à l'amour... Car j'eus
tort de provoquer Jacques : le lendemain
je trouvai sur ma table le billet même où
j'avais copié le verset : sur le dos de la feuille,
Jacques avait simplement transcrit cet autre
verset du même chapitre : « Ne cause point
par ton aliment la perte de celui pour lequel
Christ est mort. » (Romains XIV, 15.)

Je relis encore une fois tout le chapitre.
C'est le départ d'une discussion infinie. Et
je tourmenterais de ces perplexités, j'assom-
brirais de ces nuées, le ciel lumineux de
Gertrude? — Ne suis-je pas plus près du
Christ et ne l'y maintiens-je point elle-même,
lorsque je lui enseigne et la laisse croire
que le seul péché est ce qui attente au bonheur d'autrui, ou compromet notre propre
bonheur?

Hélas! certaines âmes demeurent particulièrement réfractaires au bonheur; inaptes, maladroites... Je songe à ma pauvre Amélie. Je l'y invite sans cesse, l'y pousse et voudrais l'y contraindre. Oui, je voudrais soulever chacun jusqu'à Dieu. Mais elle se dérobe sans cesse, se referme comme certaines fleurs que n'épanouit aucun soleil. Tout ce qu'elle voit l'inquiète et l'afflige.

« Que veux-tu, mon ami, m'a-t-elle répondu l'autre jour, il ne m'a pas été donné d'être aveugle. »

Ah! que son ironie m'est douloureuse, et quelle vertu me faut-il pour ne point m'en laisser troubler! Elle devrait comprendre pourtant, il me semble, que cette allusion à l'infirmité de Gertrude est de nature à particulièrement me blesser. Elle me fait sentir, du reste, que ce que j'admire surtout en Gertrude, c'est sa mansuétude infinie : je ne l'ai jamais entendue formuler le moindre grief contre autrui. Il est vrai que je ne lui laisse rien connaître de ce qui pourrait la blesser.

Et de même que l'âme heureuse, par l'irradiation de l'amour, propage le bonheur autour d'elle, tout se fait à l'entour d'Amélie sombre et morose. Amiel écrirait que son âme émet des rayons noirs. Lorsque après une journée de lutte, visites aux pauvres, aux malades, aux affligés, je rentre à la nuit tombée, harassé parfois, le cœur plein d'un exigeant besoin de repos, d'affection, de chaleur, je ne trouve le plus souvent à mon foyer que soucis, récriminations, tiraillements, à quoi mille fois je préférerais le froid, le vent et la pluie du dehors. Je sais bien que notre vieille Rosalie prétend n'en faire jamais qu'à sa tête; mais elle n'a pas toujours tort, ni surtout Amélie toujours raison quand elle prétend la faire céder. Je sais bien que Charlotte et Gaspard sont horrible-

ment turbulents; mais Amélie n'obtien-
drait-elle point davantage en criant un peu
moins fort et moins constamment après eux?
Tant de recommandations, d'admonesta-
tions, de réprimandes perdent tout leur tran-
chant, à l'égal des galets des plages; les
enfants en sont beaucoup moins dérangés
que moi. Je sais bien que le petit Claude
fait ses dents (c'est du moins ce que soutient
sa mère chaque fois qu'il commence à hurler), mais n'est-ce pas l'inviter à hurler que
d'accourir aussitôt, elle ou Sarah, et de le
dorloter sans cesse? Je demeure persuadé
qu'il hurlerait moins souvent si on le laissait, quelques bonnes fois, hurler tout son
soûl quand je ne suis point là. Mais je sais
bien que c'est surtout alors qu'elles s'em-
pressent.

Sarah ressemble à sa mère, ce qui fait que
j'aurais voulu la mettre en pension. Elle
ressemble non point, hélas! à ce que sa mère

était à son âge, quand nous nous sommes
fiancés, mais bien à ce que l'ont fait devenir
les soucis de la vie matérielle, et j'allais dire
la culture des soucis de la vie (car certainement Amélie les cultive). Certes j'ai bien du
mal à reconnaître en elle aujourd'hui l'ange
qui souriait naguère à chaque noble élan de
mon cœur, que je rêvais d'associer indistinc-
tement à ma vie, et qui me paraissait me
précéder et me guider vers la lumière — ou
l'amour en ce temps-là me blousait-il?...
Car je ne découvre en Sarah d'autres
préoccupations que vulgaires; à l'instar de
sa mère elle se laisse affairer uniquement par
des soucis mesquins; les traits mêmes de son
visage, que ne spiritualise aucune flamme
intérieure, sont mornes et comme durcis.
Aucun goût pour la poésie, ni plus générale-
ment pour la lecture; je ne surprends jamais,
entre elle et sa mère, de conversation à
quoi je puisse souhaiter prendre part, et je

sens mon isolement plus douloureusement encore auprès d'elles que lorsque je me retire dans mon bureau, ainsi que je prends coutume de faire de plus en plus souvent.

J'ai pris aussi cette habitude, depuis l'automne et encouragé par la rapide tombée de la nuit, d'aller chaque fois que me le permettent mes tournées, c'est-à-dire quand je peux rentrer assez tôt, prendre le thé chez Mlle de la M... Je n'ai point dit encore que, depuis le mois de novembre dernier, Louise de la M... hospitalise avec Gertrude trois petites aveugles que Martins a proposé de lui confier; à qui Gertrude à son tour apprend à lire et à exécuter divers menus travaux, où déjà ces fillettes se montrent assez habiles.

Quel repos, quel réconfort pour moi, chaque fois que je rentre dans la chaude atmosphère de *La Grange,* et combien il me prive si parfois il me faut rester deux ou trois

jours sans y aller. Mlle de la M... est à même,
il va sans dire, d'héberger Gertrude et ses
trois petites pensionnaires, sans avoir à se
gêner ou à se tourmenter pour leur entretien;
trois servantes l'aident avec un grand
dévouement et lui épargnent toute fatigue.
Mais peut-on dire que jamais fortune et
loisirs furent mieux mérités? De tout temps
Louise de la M... s'est beaucoup occupée
des pauvres; c'est une âme profondément
religieuse, qui semble ne faire que se prêter
à cette terre et n'y vivre que pour aimer;
malgré ses cheveux presque tout argentés
déjà qu'encadre un bonnet de guipure, rien
de plus enfantin que son sourire, rien de plus
harmonieux que son geste, de plus musical
que sa voix. Gertrude a pris ses manières,
sa façon de parler, une sorte d'intonation,
non point seulement de la voix, mais de la
pensée, de tout l'être — ressemblance dont
je plaisante l'une et l'autre, mais dont

aucune des deux ne consent à s'apercevoir.
Qu'il m'est doux, si j'ai le temps de m'attar-
der un peu près d'elles, de les voir, assises
l'une auprès de l'autre et Gertrude soit
appuyant son front sur l'épaule de son amie,
soit abandonnant une de ses mains dans les
siennes, m'écouter lire quelques vers de
Lamartine ou de Hugo; qu'il m'est doux de
contempler dans leurs deux âmes limpides le
reflet de cette poésie! Même les petites élèves
n'y demeurent pas insensibles. Ces enfants,
dans cette atmosphère de paix et d'amour,
se développent étrangement et font de remar-
quables progrès. J'ai souri d'abord lorsque
Mlle Louise a parlé de leur apprendre à danser, par hygiène autant que par plaisir; mais
j'admire aujourd'hui la grâce rythmée des
mouvements qu'elles arrivent à faire et qu'elles
ne sont pas, hélas! capables elles-mêmes
d'apprécier. Pourtant Louise de la M... me
persuade que, de ces mouvements qu'elles

ne peuvent voir, elles perçoivent musculairement l'harmonie. Gertrude s'associe à ces danses avec une grâce et une bonne grâce charmantes, et du reste y prend l'amusement le plus vif. Ou parfois c'est Louise de la M... qui se mêle au jeu des petites, et Gertrude s'assied alors au piano. Ses progrès en musique ont été surprenants; maintenant elle tient l'orgue de la chapelle chaque dimanche et prélude au chant des cantiques par de courtes improvisations.

Chaque dimanche, elle vient déjeuner chez nous; mes enfants la revoient avec plaisir, malgré que leurs goûts et les siens diffèrent de plus en plus. Amélie ne marque pas trop de nervosité et le repas s'achève sans accroc. Toute la famille ensuite ramène Gertrude et prend le goûter à *La Grange*. C'est une fête pour mes enfants que Louise prend plaisir à gâter et comble de friandises.

Amélie elle-même, qui ne laisse pas d'être sensible aux prévenances, se déride enfin et paraît toute rajeunie. Je crois qu'elle se passerait désormais malaisément de cette halte dans le train fastidieux de sa vie.

18 mai.

A présent que les beaux jours reviennent, j'ai de nouveau pu sortir avec Gertrude, ce qui ne m'était pas arrivé depuis longtemps (car dernièrement encore il y a eu de nouvelles chutes de neige et les routes sont demeurées jusqu'à ces derniers jours dans un état épouvantable), non plus qu'il ne m'était arrivé depuis longtemps de me retrouver seul avec elle.

Nous marchions vite; l'air vif colorait ses joues et ramenait sans cesse sur son visage ses cheveux blonds. Comme nous longions une tourbière je cueillis quelques joncs en fleurs, dont je glissai les tiges sous son béret, puis que je tressai avec ses cheveux pour les maintenir.

Nous ne nous étions encore presque pas parlé, tout étonnés de nous retrouver seuls ensemble, lorsque Gertrude, tournant vers moi sa face sans regards, me demanda brusquement :

« Croyez-vous que Jacques m'aime encore?

— Il a pris son parti de renoncer à toi, répondis-je aussitôt.

— Mais croyez-vous qu'il sache que vous m'aimez? » reprit-elle.

Depuis la conversation de l'été dernier que j'ai rapportée, plus de six mois s'étaient écoulés sans que (je m'en étonne) le moindre mot d'amour ait été de nouveau prononcé entre nous. Nous n'étions jamais seuls, je l'ai dit, et mieux valait qu'il en fût ainsi... La question de Gertrude me fit battre le cœur si fort que je dus ralentir un peu notre marche.

« Mais tout le monde, Gertrude, sait que je t'aime », m'écriai-je. Elle ne prit pas le change :

« Non, non; vous ne répondez pas à ma question. »

Et après un moment de silence, elle reprit, la tête baissée :

« Ma tante Amélie sait cela; et moi je sais que cela la rend triste.

— Elle serait triste sans cela, protestai-je d'une voix mal assurée. Il est de son tempérament d'être triste.

— Oh! vous cherchez toujours à me rassurer, dit-elle avec une sorte d'impatience. Mais je ne tiens pas à être rassurée. Il y a bien des choses, je le sais, que vous ne me faites pas connaître, par peur de m'inquiéter ou de me faire de la peine; bien des choses que je ne sais pas, de sorte que parfois... »

Sa voix devenait de plus en plus basse; elle s'arrêta comme à bout de souffle. Et comme, reprenant ses derniers mots, je demandais :

« Que parfois?...

— De sorte que parfois, reprit-elle tristement, tout le bonheur que je vous dois me
paraît reposer sur de l'ignorance.

— Mais Gertrude...

— Non, laissez-moi vous dire : Je ne veux
pas d'un pareil bonheur. Comprenez que je
ne... Je ne tiens pas à être heureuse. Je préfère savoir. Il y a beaucoup de choses, de
tristes choses assurément, que je ne puis pas
voir, mais que vous n'avez pas le droit de me
laisser ignorer. J'ai longtemps réfléchi
durant ces mois d'hiver; je crains, voyez-vous,
que le monde entier ne soit pas si beau que
vous me l'avez fait croire, pasteur, et même
qu'il ne s'en faille de beaucoup.

— Il est vrai que l'homme a souvent
enlaidi la terre », arguai-je craintivement,
car l'élan de ses pensées me faisait peur et
j'essayais de le détourner tout en désespé-

rant d'y réussir. Il semblait qu'elle attendît
ces quelques mots, car, s'en emparant aussitôt comme d'un chaînon grâce à quoi se
fermait la chaîne :

« Précisément, s'écria-t-elle : je voudrais être sûre de ne pas ajouter au mal. »

Longtemps nous continuâmes de marcher
très vite en silence. Tout ce que j'aurais
pu lui dire se heurtait d'avance à ce que je
sentais qu'elle pensait; je redoutais de provoquer quelque phrase dont notre sort à tous
deux dépendait. Et songeant à ce que
m'avait dit Martins, que peut-être on pourrait lui rendre la vue, une grande angoisse
étreignait mon cœur.

« Je voulais vous demander, reprit-elle
enfin — mais je ne sais comment le dire... »

Certainement, elle faisait appel à tout son
courage, comme je faisais appel au mien
pour l'écouter. Mais comment eussé-je pu
prévoir la question qui la tourmentait :

« Est-ce que les enfants d'une aveugle naissent aveugles nécessairement ? »

Je ne sais qui de nous deux cette conversation oppressait davantage ; mais à présent il nous fallait continuer.

« Non, Gertrude, lui dis-je ; à moins de cas très spéciaux. Il n'y a même aucune raison pour qu'ils le soient. »

Elle parut extrêmement rassurée. J'aurais voulu lui demander à mon tour pourquoi elle me demandait cela ; je n'en eus pas le courage et continuai maladroitement :

« Mais, Gertrude, pour avoir des enfants il faut être mariée.

— Ne me dites pas cela, pasteur. Je sais que cela n'est pas vrai.

— Je t'ai dit ce qu'il était décent de te dire, protestai-je. Mais en effet les lois de la nature permettent ce qu'interdisent les lois des hommes et de Dieu.

— Vous m'avez dit souvent que les lois de Dieu étaient celles mêmes de l'amour.

— L'amour qui parle ici n'est plus celui qu'on appelle aussi : charité.

— Est-ce par charité que vous m'aimez ?

— Tu sais bien que non, ma Gertrude.

— Mais alors vous reconnaissez que notre amour échappe aux lois de Dieu ?

— Que veux-tu dire ?

— Oh ! vous le savez bien, et ce ne devrait pas être à moi de parler. »

En vain, je cherchais à biaiser ; mon cœur battait la retraite de mes arguments en déroute. Éperdument je m'écriai :

« Gertrude..., tu penses que ton amour est coupable ? »

Elle rectifia :

« Que *notre* amour... Je me dis que je devrais le penser.

— Et alors ? »

Je surpris comme une supplication dans

133

ma voix, tandis que, sans reprendre haleine, elle achevait :

« Mais que je ne peux pas cesser de vous aimer. »

Tout cela se passait hier. J'hésitais d'abord à l'écrire... Je ne sais plus comment s'acheva la promenade. Nous marchions à pas précipités, comme pour fuir, et je tenais son bras étroitement serré contre moi. Mon âme avait à ce point quitté mon corps — il me semblait que le moindre caillou sur la route nous eût fait tous deux rouler à terre.

19 mai.

Martins est revenu ce matin. Gertrude est opérable. Roux l'affirme et demande qu'elle lui soit confiée quelque temps. Je ne puis m'opposer à cela et, pourtant, lâchement, j'ai demandé à réfléchir. J'ai demandé qu'on me laissât la préparer doucement... Mon cœur devrait bondir de joie, mais je le sens peser en moi, lourd d'une angoisse inexprimable. A l'idée de devoir annoncer à Gertrude que la vue lui pourrait être rendue, le cœur me faut.

Nuit du 19 mai.

J'ai revu Gertrude et je ne lui ai point parlé. A *La Grange,* ce soir, comme personne n'était dans le salon, je suis monté jusqu'à sa chambre. Nous étions seuls.

Je l'ai tenue longuement pressée contre moi. Elle ne faisait pas un mouvement pour se défendre, et comme elle levait le front vers moi, nos lèvres se sont rencontrées...

21 mai.

Est-ce pour nous, Seigneur, que vous avez fait la nuit si profonde et si belle? Est-ce pour moi? L'air est tiède et par ma fenêtre ouverte la lune entre et j'écoute le silence immense des cieux. O confuse adoration de la création tout entière où fond mon cœur dans une extase sans paroles. Je ne peux plus prier qu'éperdument. S'il est une limitation dans l'amour, elle n'est pas de Vous, mon Dieu, mais des hommes. Pour coupable que mon amour paraisse aux yeux des hommes, oh! dites-moi qu'aux vôtres il est saint.

Je tâche à m'élever au-dessus de l'idée

de péché; mais le péché me semble intolérable, et je ne veux point abandonner le Christ. Non, je n'accepte pas de pécher, aimant Gertrude. Je ne puis arracher cet amour de mon cœur qu'en arrachant mon cœur même, et pourquoi? Quand je ne l'aimerais pas déjà, je devrais l'aimer par pitié pour elle; ne plus l'aimer, ce serait la trahir : elle a besoin de mon amour...

Seigneur, je ne sais plus... Je ne sais plus que Vous. Guidez-moi. Parfois il me paraît que je m'enfonce dans les ténèbres et que la vue qu'on va lui rendre m'est enlevée.

Gertrude est entrée hier à la clinique de Lausanne, d'où elle ne doit sortir que dans vingt jours. J'attends son retour avec une appréhension extrême. Martins doit nous la ramener. Elle m'a fait promettre de ne point chercher à la voir d'ici là.

22 mai.

Lettre de Martins : l'opération a réussi.
Dieu soit loué !

24 mai.

L'idée de devoir être vu par elle, qui jusqu'alors m'aimait sans me voir — cette idée me cause une gêne intolérable. Va-t-elle me reconnaître? Pour la première fois de ma vie j'interroge anxieusement les miroirs. Si je sens son regard moins indulgent que n'était son cœur, et moins aimant, que deviendrai-je? Seigneur, il m'apparaît parfois que j'ai besoin de son amour pour vous aimer.

27 mai.

Un surcroît de travail m'a permis de traverser ces derniers jours sans trop d'impatience. Chaque occupation qui peut m'arracher de moi-même est bénie; mais tout le long du jour, à travers tout, son image me suit.

C'est demain qu'elle doit revenir. Amélie, qui durant cette semaine ne m'a montré que les meilleurs côtés de son humeur et semble avoir pris à tâche de me faire oublier l'absente, s'apprête avec les enfants à fêter son retour.

28 mai.

Gaspard et Charlotte ont été cueillir ce qu'ils ont pu trouver de fleurs dans les bois et dans les prairies. La vieille Rosalie confectionne un gâteau monumental que Sarah agrémente de je ne sais quels ornements de papier doré. Nous l'attendons pour ce midi.

J'écris pour user cette attente. Il est onze heures. A tout moment je relève la tête et regarde vers la route par où la voiture de Martins doit approcher. Je me retiens d'aller à leur rencontre : mieux vaut, et par égard pour Amélie, ne pas séparer mon accueil. Mon cœur s'élance... ah! les voici!

28 au soir.

Dans quelle abominable nuit je plonge! Pitié, Seigneur, pitié! Je renonce à l'aimer, mais, Vous, ne permettez pas qu'elle meure!

Que j'avais donc raison de craindre! Qu'a-t-elle fait? Qu'a-t-elle voulu faire? Amélie et Sarah m'ont dit l'avoir accompagnée jusqu'à la porte de *La Grange,* où Mlle de la M... l'attendait. Elle a donc voulu ressortir... Que s'est-il passé?

Je cherche à mettre un peu d'ordre dans mes pensées. Les récits qu'on me fait sont incompréhensibles, ou contradictoires. Tout se brouille en ma tête... Le jardinier de Mlle de la M... vient de la ramener sans connaissance à *La Grange;* il dit l'avoir vue marcher le long de la rivière, puis franchir le pont du jardin, puis se pencher, puis disparaître; mais n'ayant pas compris d'abord qu'elle tombait, il n'est pas accouru comme il aurait dû le faire; il l'a retrouvée près de la petite écluse, où le courant l'avait portée. Quand je l'ai revue un peu plus tard, elle n'avait pas repris connaissance; ou du moins l'avait reperdue, car un instant elle était revenue à elle, grâce aux soins prodigués aussitôt. Martins, qui Dieu merci n'était pas encore reparti, s'explique mal cette sorte de stupeur et d'indolence où la voici plongée; en vain l'a-t-il interrogée; on eût dit qu'elle n'entendait rien ou qu'elle avait résolu de se taire. Sa respiration reste très oppressée et Martins craint une congestion pulmonaire; il a posé des sinapismes et des ventouses et promis de revenir demain. L'erreur a été de la laisser trop longtemps dans ses vêtements trempés tandis qu'on s'occupait d'abord à la ranimer; l'eau de la rivière est glacée, Mlle de la M... qui seule a pu obtenir d'elle quelques mots, soutient qu'elle a voulu cueillir des myosotis qui croissent en abondance de ce côté de la rivière, et que, malhabile encore à mesurer les distances, ou prenant pour de la terre ferme le flottant tapis de fleurs, elle a perdu pied brusquement... Si je pouvais le croire! me convaincre qu'il n'y eut là qu'un accident, quel poids affreux serait levé de sur mon âme! Durant tout le repas, si gai pourtant, l'étrange sourire, qui ne la quittait pas, m'inquiétait; un sourire contraint que je ne lui connaissais point mais que je m'efforçais de croire celui même de son nouveau regard; un sourire qui semblait ruisseler de ses yeux sur son visage comme des larmes, et près de quoi la vulgaire joie des autres m'offensait. Elle ne se mêlait pas à la joie! on eût dit qu'elle avait découvert un secret, que sans doute elle m'eût confié si j'eusse été seul avec elle. Elle ne disait presque rien; mais on ne s'en étonnait pas, car près des autres, et plus ils sont exubérants, elle est souvent silencieuse.

Seigneur, je vous implore : permettez-moi de lui parler. J'ai besoin de savoir, ou sinon comment continuerais-je à vivre?... Et pourtant, si tant est qu'elle a voulu cesser de vivre, est-ce précisément pour avoir *su*? Su quoi? Mon amie, qu'avez-vous donc appris d'horrible? Que vous avais-je donc caché de mortel, que soudain vous aurez pu voir?

J'ai passé plus de deux heures à son chevet, ne quittant pas des yeux son front, ses joues pâles, ses paupières délicates recloses sur un indicible chagrin, ses cheveux encore mouillés et pareils à des algues, étalés autour d'elle sur l'oreiller — écoutant son souffle inégal et gêné.

29 mai.

Mlle Louise m'a fait appeler ce matin, au moment où j'allais me rendre à *La Grange*. Après une nuit à peu près calme, Gertrude est enfin sortie de sa torpeur. Elle m'a souri lorsque je suis entré dans la chambre et m'a fait signe de venir m'asseoir à son chevet. Je n'osais pas l'interroger et sans doute craignait-elle mes questions, car elle m'a dit tout aussitôt et comme pour prévenir toute effusion :

« Comment donc appelez-vous ces petites fleurs bleues, que j'ai voulu cueillir sur la rivière — qui sont de la couleur du ciel ? Plus habile que moi, voulez-vous m'en faire un bouquet? Je l'aurai là, près de mon lit... »

L'artificiel enjouement de sa voix me faisait mal; et sans doute le comprit-elle, car elle ajouta plus gravement :

« Je ne puis vous parler ce matin; je suis trop lasse. Allez cueillir ces fleurs pour moi, voulez-vous? Vous reviendrez tantôt. »

Et comme, une heure après, je rapportais pour elle un bouquet de myosotis, Mlle Louise me dit que Gertrude reposait de nouveau et ne pourrait me recevoir avant le soir.

Ce soir, je l'ai revue. Des coussins entassés sur son lit la soutenaient et la maintenaient presque assise. Ses cheveux à présent rassemblés et tressés au-dessus de son front étaient mêlés aux myosotis que j'avais rapportés pour elle.

Elle avait certainement de la fièvre et paraissait très oppressée. Elle garda dans sa main brûlante la main que je lui tendais : je restais debout près d'elle :

« Il faut que je vous fasse un aveu, pasteur, car ce soir j'ai peur de mourir, dit-elle. Je vous ai menti ce matin... Ce n'était pas pour cueillir des fleurs... Me pardonnerez-vous si je vous dis que j'ai voulu me tuer? »

Je tombai à genoux près de son lit, tout en gardant sa frêle main dans la mienne; mais elle, se dégageant, commença de caresser mon front, tandis que j'enfonçais dans les draps mon visage pour lui cacher mes larmes et pour y étouffer mes sanglots.

« Est-ce que vous trouvez que c'est très mal? » reprit-elle alors tendrement; puis comme je ne répondais rien :

« Mon ami, mon ami, vous voyez bien que je tiens trop de place dans votre cœur et votre vie. Quand je suis revenue près de vous, c'est ce qui m'est apparu tout de suite; ou du moins que la place que j'occupais était celle d'une autre et qui s'en attristait. Mon crime est de ne pas l'avoir senti plus tôt; ou du moins — car je le savais bien déjà — de vous avoir laissé m'aimer quand même. Mais lorsque m'est apparu tout à coup son visage, lorsque j'ai vu sur son pauvre visage tant de tristesse, je n'ai plus pu supporter l'idée que cette tristesse fût mon œuvre... Non, non, ne vous reprochez rien; mais laissez-moi partir et rendez-lui sa joie. »

La main cessa de caresser mon front; je la saisis et la couvris de baisers et de larmes. Mais elle la dégagea impatiemment et une angoisse nouvelle commença de l'agiter.

« Ce n'est pas là ce que je voulais dire; non, çe n'est pas cela que je veux dire », répétait-elle; et je voyais la sueur mouiller son front. Puis elle baissa les paupières et garda les yeux fermés quelque temps, comme pour concentrer sa pensée, ou retrouver son état de cécité première; et

d'une voix d'abord traînante et désolée, mais
qui bientôt s'éleva tandis qu'elle rouvrait
les yeux, puis s'anima jusqu'à la véhémence :

« Quand vous m'avez donné la vue,
mes yeux se sont ouverts sur un monde
plus beau que je n'avais rêvé qu'il pût
être; oui vraiment, je n'imaginais pas le
jour si clair, l'air si brillant, le ciel si vaste.
Mais non plus je n'imaginais pas si osseux le
front des hommes; et quand je suis entrée
chez vous, savez-vous ce qui m'est apparu
tout d'abord... Ah! il faut pourtant bien que
je vous le dise : ce que j'ai vu d'abord, c'est
notre faute, notre péché. Non, ne protestez
pas. Souvenez-vous des paroles du Christ :
« Si vous étiez aveugle, vous n'auriez point
« de péché. » Mais à présent, j'y vois...
Relevez-vous, pasteur. Asseyez-vous là, près
de moi. Écoutez-moi sans m'interrompre.
Dans le temps que j'ai passé à la clinique, j'ai
lu, ou plutôt, je me suis fait lire, des passages

de la Bible que je ne connaissais pas encore, que vous ne m'aviez jamais lus. Je me souviens d'un verset de saint Paul, que je me suis répété tout un jour : « Pour moi, étant « autrefois sans loi, je vivais; mais quand « le commandement vint, le péché reprit « vie, et moi je mourus. »

Elle parlait dans un état d'exaltation extrême, à voix très haute et cria presque ces derniers mots, de sorte que je fus gêné à l'idée qu'on la pourrait entendre du dehors; puis elle referma les yeux et répéta, comme pour elle-même, ces derniers mots dans un murmure :

« — Le péché reprit vie — et moi je mourus. »

Je frissonnai, le cœur glacé d'une sorte de terreur. Je voulus détourner sa pensée.

« Qui t'a lu ces versets? demandai-je.

— C'est Jacques, dit-elle en rouvrant les

yeux et en me regardant fixement. Vous saviez qu'il s'est converti? »

C'en était trop; j'allais la supplier de se taire, mais elle continuait déjà :

« Mon ami, je vais vous faire beaucoup de peine; mais il ne faut pas qu'il reste aucun mensonge entre nous. Quand j'ai vu Jacques, j'ai compris soudain que ce n'était pas vous que j'aimais; c'était lui. Il avait exactement votre visage; je veux dire celui que j'imaginais que vous aviez... Ah! pourquoi m'avez-vous fait le repousser? J'aurais pu l'épouser...

— Mais, Gertrude, tu le peux encore, m'écriai-je avec désespoir.

— Il entre dans les ordres », dit-elle impétueusement. Puis des sanglots la secouèrent : « Ah! je voudrais me confesser à lui..., gémissait-elle dans une sorte d'extase... Vous voyez bien qu'il ne me reste qu'à mourir. J'ai soif. Appelez quelqu'un, je vous prie. J'étouffe. Laissez-moi seule. Ah! de vous parler ainsi, j'espérais être plus soulagée. Quittez-moi. Quittons-nous. Je ne supporte plus de vous voir. »

Je la laissai. J'appelai Mlle de la M... pour me remplacer auprès d'elle; son extrême agitation me faisait tout craindre, mais il me fallait bien me convaincre que ma présence aggravait son état. Je priai qu'on vînt m'avertir s'il empirait.

30 mai.

Hélas! Je ne devais plus la revoir qu'endormie. C'est ce matin, au lever du jour, qu'elle est morte, après une nuit de délire et d'accablement. Jacques, que, sur la demande dernière de Gertrude, Mlle de la M... avait prévenu par dépêche, est arrivé quelques heures après la fin. Il m'a cruellement reproché de n'avoir pas fait appeler un prêtre tandis qu'il était temps encore. Mais comment l'eussé-je fait, ignorant encore que, pendant son séjour à Lausanne, pressée par lui évidemment, Gertrude avait abjuré. Il m'annonça du même coup sa propre conversion et celle de Gertrude. Ainsi me quittaient à la fois ces deux êtres; il semblait que, séparés par moi durant la vie, ils eussent projeté de me fuir et tous deux de s'unir en Dieu. Mais je me persuade que dans la conversion de Jacques entre plus de raisonnement que d'amour.

« Mon père, m'a-t-il dit, il ne sied pas que je vous accuse; mais c'est l'exemple de votre erreur qui m'a guidé. »

Après que Jacques fut reparti, je me suis agenouillé près d'Amélie, lui demandant de prier pour moi, car j'avais besoin d'aide. Elle a simplement récité « Notre Père... » mais en mettant entre les versets de longs silences qu'emplissait notre imploration.

J'aurais voulu pleurer, mais je sentais mon cœur plus aride que le désert.

IMPRIMERIE Les Petits-Fils Léonard DANEL - Loos (Nord)
Imprimé en France
29.777 - Dépôt légal n° 7625 - 3e trimestre 1968
LE LIVRE DE POCHE, 6, AVENUE PIERRE Ier DE SERBIE, PARIS
30-11-0006-20